**컨트롤러**
# Controller
FUSION FANTASTIC STORY
건(建) 장편 소설

# 컨트롤러 2

건(健) 장편 소설

초판 1쇄 찍은 날 § 2014년 2월 17일
초판 1쇄 펴낸 날 § 2014년 2월 24일

지은이 § 건(健)
펴낸이 § 서경석

편집부장 § 권태완
편집책임 § 이효남
디자인 § 이거열

펴낸곳 § 도서출판 청어람
등록번호 § 제1081-1-89호
등록일자 § 1999. 5. 31
어람번호 § 제1-1782호

주소 § 경기도 부천시 원미구 부일로 483번길 40 서경B/D 3F (우) 420-822
전화 § 032-656-4452  팩스 § 032-656-4453
http://www.chungeoram.com
E-mail § chungeorambook@daum.net

ISBN 978-89-251-3728-5 04810
ISBN 978-89-251-3726-1 (세트)

2

FUSION FANTASTIC STORY

건(建) 장편 소설

컨트롤러

Controller

도서출판 청어람

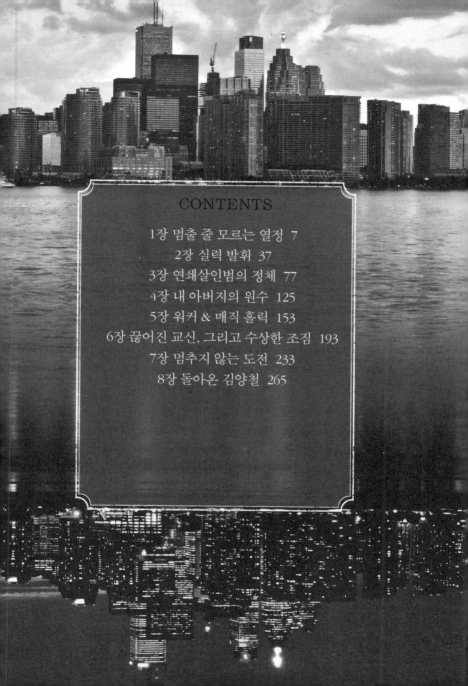

# CONTENTS

1장 멈출 줄 모르는 열정  7

2장 실력 발휘  37

3장 연쇄살인범의 정체  77

4장 내 아버지의 원수  125

5장 워커 & 매직 홀릭  153

6장 끊어진 교신, 그리고 수상한 조짐  193

7장 멈추지 않는 도전  233

8장 돌아온 김양철  265

1장
멈출 줄 모르는 열정

"어서 오십시오!"

"어서 오세요! 따뜻한 뚝배기 한 그릇입니다! 즐거운 식사 되세요!"

"김치찌개 둘, 된장찌개 셋 주문이요!"

"김치찌개 둘, 더 있어요!"

여느 때처럼 현성의 매장은 인산인해였다.

열흘 전, 확장 공사를 마친 현성의 매장은 예전의 두 배 이상은 더 커져 있었다.

현성은 단계적으로 사업의 규모를 늘릴 생각을 하고 있었다.

지금은 단순히 기존의 매장에서 공실이었던 옆의 점포를 붙여 확장하는 정도였지만, 하나의 프랜차이즈 사업으로 구축할 생각을 갖고 있었던 것이다.

물론 단순히 마음만 먹는다고 해서 될 일은 아니었다.

맛의 비결과 원천은 오로지 현성 자신의 것이었고, 이것은 현성이 공을 들여 개발한 레시피에 적절한 마법이 가미되어야만 효과를 발휘하는 것이었다.

그렇기 때문에 최대치는 반드시 존재했다.

하루 종일 매혹 마법과 클린 마법만 시전하고 있을 수는 없기 때문이기도 했고, 또 그럴 만큼 무한정의 마나를 가지고 있는 것도 아니었다.

어쨌든 현성의 구상, 그 첫 번째 발걸음은 대성공이었다.

확장된 매장의 규모만큼 매출 역시 기하급수적으로 상승했고, 처음에는 현성과 상화만으로도 충분했던 매장 운영은 일손을 더 늘려야 했다.

그래서 현재 따뜻한 뚝배기 한 그릇 매장은 현성과 상화를 포함해 총 다섯 명의 직원이 일하고 있었다.

구인을 통해 뽑은 세 명의 젊은 청년들은 현성과 상화의 엄격한 면접을 통해 뽑은 덕분인지 모두 성실했다.

일거리가 많기는 했지만, 그에 맞게 시급도 다른 곳에 비해 절반은 더 많았고, 개별적으로 챙겨주는 식대나 보너스도 꽤 되었다.

그래서 직원들의 불만은 전혀 없었다.

오히려 일할 자리가 없나 하고 넘보는 자신들의 친구나 지인들을 도리어 경계할 정도였다.

하루 종일 눈코 뜰 새 없이 바쁜 시간이 지나갔다.

오전 9시에 개점을 하고, 오후 10시에 폐점을 하기까지.

현성이 제대로 앉아 있을 수 있는 시간은 손님들의 점심식사 시간이 끝나는 오후 2시쯤이었다.

그것도 짧게는 10분에서 길게는 30분 남짓의 자투리 여유가 전부였다.

그래도 즐겁고 행복했다.

매장을 가득 채운 손님들이 연신 자신이 만든 음식에 감탄하며 칭찬 하는 모습을 보는 것은 기분 좋은 일이었다.

설령 쉴 수 있는 시간조차 허락되지 않아 하루를 꼬박 서서 보내게 된다 하더라도, 즐거움과 행복이 충분히 이를 상쇄시킬 정도였다.

현성은 생각했다.

사후세계가 있고, 그곳에 부모님과 할머님이 계신다면…
지금 자신의 모습을 보며 기뻐하고 계실 것이라고.

그렇게 생각하니 더욱 힘이 났다.

\*        \*        \*

"오빠!"

"어, 왔어? 잠깐만 이제 문만 잠그면 돼."

"오빠, 얼굴 봐! 완전 바빴나 봐⋯ 얼굴이 반 토막이 됐잖아! 흑⋯⋯."

"뭐가 반 토막이야. 잘 먹고 잘 있었는데."

"그래도! 너무 바쁜 거 아니냐구. 내가 나와서 도와줄까? 동아리 활동 안 하면 더 빨리 올 수 있는데."

"괜찮아. 걱정은 고맙지만 사양하겠어. 네 일에 집중해."

퇴근 시간.

현성의 일상에 새로이 들어온 가슴 두근거리는 인연이 있었다.

바로 수연이었다.

호감을 보이며 먼저 다가왔던 것은 수연이었지만, 고백을 한 것은 현성이었다.

보름 전.

현성은 수연에게 정식으로 고백을 했다.

너가 마음에 든다고, 그리고 사귀고 싶다고.

좋은 남자 친구가 되어줄 수 있다고.

그리고 나 역시, 네가 나의 둘도 없는 여자 친구가 되어주길 바란다고.

내심 기대하고 있었던 걸까?

현성의 고백을 받은 수연은 수줍은 어린 소녀처럼 발을 동동 구르며, 또 한편으로는 기뻐했다.

그렇게 시작한 연애가 이제 보름으로 접어들고 있었다.

아직 시작 단계에 불과한 알콩달콩한 커플.

그래서 더 보기 좋은 커플이기도 했다.


문단속을 마치고.

모든 상태를 재점검한 현성은 완벽한 것을 확인하고 지하 매장의 모든 불을 껐다.

불을 끄는 순간, 쉴 새 없이 바빴던 하루의 일상들이 주마등처럼 지나간다.

지칠 법도 한데, 현성은 늘 뿌듯했다.

오히려 이쯤에서 문을 닫고 집에 간다는 것이 시원섭섭할 때도 있었다.

"오빠, 요즘은 진짜 이쪽 상권이 활성화가 많이 된 것 같아. 두세 달 전에 왔을 때만 해도… 이쪽 블록은 진짜 황량했는데, 이젠 사람들도 많이 몰려들고 말야. 술집도 꽤 생겼잖아? 원래 잘 안 들어오는 곳이었는데."

"맞아, 많이 달라졌지. 정말 잘된 일이야. 질서를 어지럽히던 파리들도 사라졌고."

파리들.

김양철이 이끌던 양철이파를 비유한 얘기였다.

현성과의 일전 이후, 김양철은 이곳을 떠났다.

　그리고 나서 조직원들의 절반 이상이 경찰에 체포되었으니, 조직 전체가 와해되는 것은 불 보듯 뻔한 일이었다.

　"덕분에 우리 데이트 코스에도 가로등 생겼잖아. 워낙에 지나다니는 사람들이 많아졌으니까."

　"그렇네? 하하."

　현성이 환한 미소를 지어 보였다.

　수연을 보고 있으면 절로 웃음이 난다.

　그녀가 세상의 더러운 세태에 때 묻지 않은, 해맑은 영혼의 소유자 때문이기에 그럴지도 몰랐다.

　그녀는 매사에 긍정적이었다.

　그리고 술과 담배, 유흥 생활로 흥청망청 새내기 시절을 보내는 여타 학생들과 달리 성실했다.

　놀 때는 놀고, 할 때는 하는 그런 멋진 여자였다.

　그렇기에 현성이 그녀에게 더 호감을 느끼고 좋아하는 것이기도 했다.

　"오빠는… 나랑 사귀게 된 거, 후회하지 않아?"

　"갑자기 그런 얘기는 왜 해?"

　묵묵히 수연의 손을 꼭 붙잡고 몇 걸음 걸어가던 찰나.

　그녀가 시무룩한 표정으로 현성에게 물었다.

　"그냥… 오빠는 멋진 사람이잖아. 전국적으로 유명해진 맛집의 사장님이기도 하고… 하지만 난 그냥 학생이고, 오빠한테 이렇다 할 외조나 내조라고 할 수 있는 것도 못하는 것 같아서."

"그게 고민이야?"

"응, 오빠한테 난 부족한 사람이 아닐까 하는 생각이 들어. 물론… 난 오빠가 너무 좋아. 정말 너무너무. 그리고 사랑… 읍!"

말이 끝나기도 전에 현성의 입술이 자연스레 수연의 입술 위로 포개졌다.

그녀는 더 이상 어떤 말도 이을 수 없었다.

그저 입가를 통해 느껴지는 서로의 체온에 모든 정신을 집중한 채.

자신도 모르게 현성의 허리를 끌어안았다.

한참을.

마치 시간이 멈춰버린 것처럼.

두 사람은 서로의 온기를 교환했다.

그리고도 꽤 시간이 흐르고 나서야, 현성은 그녀에게서 천천히 뒤로 물러났다.

"다른 건 생각하지 마. 나에게만 집중해. 나도 너에게만 집중할 거니까. 다른 사람들의 말, 환경, 조건… 아무것도 생각하지 마. 그런 건 의미 없어. 그저 너와 내가 가지고 있는 감정만 중요한 거야."

"오빠……."

"그런 생각은 어리석은 거야. 할 필요도 없어. 내가 널 사랑하고, 너가 날 사랑하면. 그게 전부야. 거기서 무엇이 더 필요해?"

현성의 말은 단호하면서도 힘이 실려 있었다.

사랑에 사랑 그 이외의 무엇이 중요하단 말인가?

현성이 수 싸움에 능하고, 셈이 빠르고, 이해관계의 파악이 빠른 것은 사실이었다.

그런 영악함이 스승 자르만과 일리시아로부터 마법을 더 빠르게 배울 수 있는 계기이기도 했고, 김양철과 해피 앤 러브를 일망타진한 결과로 이어지기도 했다.

하지만 모든 것이 마냥 계산적인 것만은 아니었다.

사랑, 그리고 우정에서 만큼은 현성 역시 영악한 남자가 아닌 순정을 꿈꾸는 남자일 뿐이었다.

"고마워, 오빠. 그리고 미안해. 내가 뜬금없이 이상한 말만 해서……."

"미안하면 더 가까이 와. 그런 생각조차 안 들도록 따뜻하게 안아줄게."

"히히, 그래도 되나?"

이내 수연의 얼굴이 밝아졌다.

해맑게 웃는 그녀의 얼굴을 보니 힘들었던 하루의 일과도 아이스크림처럼 사르르 녹는 듯했다.

"안 될 거 있나?"

현성은 수연을 가슴 깊은 곳까지 꼭 끌어당겨 안아주었다.

두툼한 점퍼 사이로 간직하고 있었던 온기가 따스하게 그녀를 감쌌다.

인적이 드문 늦은 밤의 퇴근길.

단 둘만 있는 가로등 아랫길 위에서 현성과 수연을 한참을 말없이 서로를 껴안고 있었다.

그렇게 몇 분이 지나고.

수연이 마치 잠에서 깨어난 듯, 스르륵 고개를 들며 지그시 현성을 바라보았다.

현성 역시 그녀의 초롱초롱한 두 눈에 시선을 마주친 채, 사랑어린 시선으로 바라보고 있었다.

"오빠."

"왜?"

"오늘… 나 집에 아무도 없는데. 오빠 집에서 자면 안 될까? 집에서 혼자 자기 무서워."

"부모님은?"

"여행가셨단 말야. 결혼기념일이시라고, 나는 휙 떨어뜨려 놓고 도망가셨다구. 그것도 일본으로 가셨단 말야. 이틀이나 되어야 오신다는데……? 나 혼자 집에 있으면 막 귀신도 나올 거 같고, 음음, 만약에 무슨 일 생기면 어떡해?"

천연덕스럽게, 그리고 정말 걱정 가득한 눈빛으로 현성을 바라보는 수연의 시선.

그 시선의 뒤에 무엇이 숨어 있는지 현성을 알 것 같기도, 아닌 것 같기도 했다.

애교 아닌 애교.

적극적이지 않은 듯하면서도 적극적인 그녀의 표현 방식.

그것은 현성에게는 더 매력적인 수연의 장점이었다.

"그럼 우리 집으로 가자. 오빠가 안전하게 지켜줄게."

"음… 손만 잡고 잘 거지? 난 그거 생각하고 오빠 집에서 자려고 하는 건데, 오빠는 다른 생각 하는 거 아니지?"

뻔하디 뻔한, 그래서 도리어 웃기기까지 한 수연의 멘트가 이어졌다.

"푸하하하."

현성은 그녀의 능청스런 질문에 참지 못하고 웃음을 터뜨렸다.

수연과 함께 있으면 작은 이야깃거리도 현성에겐 행복한 웃음거리가 되었다.

무미건조하고 차가웠던 일상을 따뜻하고 다채롭게 만들어 준 것은 온전히 그녀 덕분이었다.

"히히, 얼른 가고 싶어. 오빠 집, 따뜻하잖아. 같이 있을래!"

"가자!"

현성이 그녀의 손을 다시 한 번 꼭 붙잡았다.

따뜻했다.

영원히 식을 것 같지 않은 온기.

현성은 손끝을 타고 온몸으로 퍼져 나가는 수연의 온기를 소중히 가슴 한 켠에 모아 넣었다.

사소한 것일지 몰라도.

이런 행복도 현성은 놓치고 싶지 않았다.

그래야만 더 멋지게, 열정적으로 미래를 보고 살아갈 수 있기에.


*      *      *


"오빠."

"응."

"저 스탠드. 불빛 조금만 약하게 해서라도 켜주면 안 될까."

"왜?"

"오빠 얼굴을 보고 싶어. 너무 깜깜한 건 싫어."

"나도 네 얼굴을 보고 싶어. 사랑스러우니까."

현성의 옥탑방.

늘상 현성 혼자만 있던 이 방에 오늘은 사람이 둘이었다.

향긋한 아로마 향이 물씬 풍겨나는 방 안.

한 사람이 눕기에는 크고, 두 사람이 눕기는 약간 좁은 침대 위에.

현성과 수연은 서로 매끄러운 나신(裸身)이 된 채, 서로를 꼭 끌어안고 있었다.

아직 추운 겨울날의 밤.

따뜻한 물로 샤워를 하니 몸이 노곤노곤해져 왔다.

그건 수연도 마찬가지인 것 같았다.

따뜻한 물과 방 안의 훈기에 열이 살짝 오른 듯한 수연의 볼에서는 발그스레한 홍조가 묻어나오고 있었다.

수연을 알아가면서, 그리고 사귀고 함께하면서 남성적인 본능에 이끌려 수연의 몸매를 본 적은 많았다.

여자 친구를 보는 대부분의 남자가 그러하듯, 내심 속으로 응큼한 상상을 했던 것도 사실이었다.

내가 사랑하는 여자의 속살, 그러니까 실오라기 하나 걸치지 않은 알몸이 궁금한 것은 당연한 본능이었다.

샤워를 끝내고 나온 수연의 몸은 감탄 그 자체였다.

현성과 딱 20cm 차이가 나는 164cm의 적당한 키에 잘록한 허리, 적당한 크기의 골반과 일자로 쫙 뻗은 다리.

굴곡진 허리 라인을 따라 시선을 올리면.

볼륨감 있게 자리 잡고 있는 가슴이 있었다.

여자의 쓰리 사이즈를 꿰뚫어 보는 것은 아니었지만, 어림 잡아도 C컵은 충분히 될 것 같은 볼륨이었다.

그리고 과하지도 부족하지도 않게 적당히 패인 쇄골 라인은 상체를 더욱 매력적으로 빛나게 해주는 마지막 방점이었다.

쪽—쪽—

이불 속에서.

꼭 껴안은 현성과 수연은 서로를 마주보며 한참 동안 입을 맞췄다.

소프트한 버드 키스였지만, 그것만으로도 서로의 사랑을 느끼기에는 충분했다.

현성은 서두르지 않았다.

마음속에서는 이미 두근거리는 마음을 지나 남성의 욕망이 솟구치고 있었지만, 현성은 차분히 그녀의 머리칼을 쓰다듬어주고 계속 입을 맞추었다.

남녀의 격정적인 사랑, 섹스(Sex)의 끝은 대부분 남자가 하게 마련이다.

그렇다면 시작의 특권은 여자에게 있는 것이다.

현성은 충분히 그녀가 자신을 믿고, 또 준비된 마음으로 시작할 수 있을 때까지 부드러운 스킨십에 전념했다.

사실 그것만으로도 행복했다.

지나치게 말초적인 것에만 탐닉하는 격렬한 관계와는 또 다른 재미가 있었던 것이다.

"오빠는 그런 거 안 물어봐?"

"어떤 거?"

"내가 처음인지 아닌지, 그런 거 있잖아. 남자들은 내 여자가 자신이 처음이길 바란다면서. 그리고 마지막이기를 또 바라고."

이제 갓 성인이 된 나이다운 질문이었다.

현성도 그래봤자 두 살 더 많은 나이였지만, 왠지 저런 질문을 듣고 있자니 열 살은 훌쩍 넘은 느낌이었다.

질문이 마음에 와 닿기보다는 어린애들의 당연한 고민을 마주하는 느낌이었다.

"그런 건 중요하지 않아. 난 지금이 중요해. 내 사람의 과거가 왜 중요하지? 그리고 처음이고 아니고는 왜? 처음이 아닌 게 불만이라면, 그건 남자 잘못이지. 그게 그렇게 불만이면, 옛날부터 찾아와서 사귀자고 하던가."

"오! 멋있어! 오빠, 이거 어디서 멘트 보고 따라한 거야?"

"나 그렇게 창의적이지 못한 사람 아니야."

"히히, 고마워, 오빠. 나도 오빠의 과거는 궁금하지 않아. 지금 날 사랑해주고 있는 오빠가 바로 앞에 있다는 것만으로도 행복해."

"나도 마찬가지야. 네 과거는 그저 과거일 뿐이야. 난 너의 지금을 좋아하고 있을 뿐이야."

현성이 수연을 품속으로 깊이 끌어안으며, 그녀를 쓰다듬어주었다.

현성의 진실한 대답.

그것이 도화선이 된 걸까?

현성의 품속으로 쏙 안겨들던 수연의 온기가 가슴에서 배로, 배에서 좀 더 아래로 자연스레 내려가기 시작했다.

"…아."

자신도 모르게 신음이 터져 나왔다.

학생이던 시절, 현성은 몇 번의 경험이 있었다.

그때도 여자 친구가 있었고, 서로 사랑했기에 나누었던 관계였다.

하지만 성인이 되고, 바로 사회생활에 뛰어들면서 일을 제외한 그 어떤 것도 해보지 못했던 현성에게는 실로 오랜만에 나누는 사랑이었다.

현성은 허벅지 사이에서 말초신경을 타고 짜릿하게 솟구쳐 올라오는 쾌감을 전신으로 받아들였다.

따뜻하면서도 부드러웠다.

현성은 잠시 동안 그녀가 자신에게 선물해 주는 행복에 집중했다.

"후우!"

그리고 짜릿한 신호가 쌓이고 쌓이자, 참아두었던 격정적인 숨을 토해냈다.

"앗!"

"이젠 내 차례야."

단숨에 몸을 일으킨 현성은 수연을 번쩍 들어서는 침대 위에 돌아 눕혔다.

순식간에 위치가 바뀌었다.

방금 전까지 현성이 누워 있던 자리에는 수연이 홍조를 띤 얼굴로 누워 있었고, 이젠 늑대의 눈빛으로 변한 현성이 위에서 그녀를 내려다보고 있었다.

현성의 부드러운 손길은 자연스럽게 수연의 몸 전체의 굴곡진 라인을 따라 움직였다.

현성의 입술이 쉴 새 없이 수연의 입가를 촉촉하게 탐닉하는 동안.

손길은 어깨에서 허리, 허리에서 허벅지 사이로 내려가는 듯하다가, 다시 올라와 그녀의 가슴 언저리를 어루만졌다.

그때마다 수연의 몸이 활시위처럼 굽어졌다 펴지기를 반복하며, 현성에게 포개진 입술 사이로 뜨거운 신음을 토해냈다.

현성은 서두르지 않았다.

그녀가 뜨거운 숨을 토해낼수록 더 천천히, 애를 태우듯 손끝을 움직였다.

"아. 아아. 아……!"

가슴의 언저리에 머무르던 오른손은 수연이 두 번을 더 신음을 터뜨리고 나서야, 격정적으로 그녀의 가슴을 움켜쥐기 시작했다.

"하아. 하아아."

부드러운 터치와 움직임으로 일관하던 현성의 손길이 갑

자기 격하게 바뀌자, 수연이 토해내는 숨소리와 신음 소리도 덩달아 거칠어졌다.

소프트한 스킨십을 즐기는 수연이었지만, 순간 분위기를 바꿔 강하게 치고 들어오는 스킨십에는 또 다른 마력이 있었다.

그사이, 현성의 왼손이 그녀도 모르는 새에 자연스럽게 허벅지 사이를 파고들었다.

모든 것이 자연스럽게 이루어졌다.

현성과의 키스가 끊임없이 제공하는 짜릿함에 정신이 팔려 있던 수연은 어느새 현성을 받아들일 준비가 되어 있는 자신의 몸을 느끼며 깜짝 놀랄 수밖에 없었다.

현성은 더욱 수연을 애태웠다.

신음의 강도는 점점 세지고, 빈도는 더욱 잦아졌다.

하지만 현성은 서두르지 않고, 계속해서 그녀의 몸 전체를 쉴 새 없이 탐닉했다.

그녀의 입술에 머물러 있던 현성의 입도 자연스럽게 위치를 가슴으로 옮겼다.

"아. 아아. 아하아……."

그리고 현성의 입술이 강, 약, 중간을 반복하며 가슴을 터치할 때마다, 수연은 참지 못하고 신음을 터뜨렸다.

그렇게 얼마를 지났을까.

눈을 감은 채, 현성이 주는 쾌감에 몰두하고 있던 수연이 갑자기 현성의 얼굴을 움켜쥐며 두 눈을 떴다.

그리고 그녀의 입에서.

현성이 마지막으로 붙잡고 있던 이성의 끈을 풀어버리는 멘트가 터져 나왔다.

"하고 싶어. 더 애태우지 말아줘. 오빠."

"......!"

누가 먼저랄 것도 없었다.

말이 끝나기가 무섭게 현성과 수연이 한데 뒤엉켜 자연스럽게 하나가 되었다.

터져 나오는 신음이 누구의 것이고, 어떤 자세인지는 아무것도 중요하지 않았다.

지금 이 순간.

두 사람은 서로가 서로를 받아들일 최상의 준비가 되어 있었다.

그리고 시작된 사랑.

솟구치는 마그마처럼 뜨겁게 불타오른 현성과 수연의 사랑은 두 시간이 지나도록 그칠 줄을 몰랐다.

추운 겨울의 칼바람이 창문에 맞닿아, 깊게 그리고 뿌옇게 생겨버린 성에만이 사랑의 깊이와 시간을 짐작케 할 뿐이었다.

\*　　　\*　　　\*

사랑은 사랑이고, 일은 일이었다.

현성은 날이 밝자마자, 프랜차이즈 사업에 대한 좀 더 깊은 사업 구상에 들어갔다.

시기가 괜찮았다.

때마침 설 연휴였던 것이다.

직원들도 그러했고, 상화 역시 설을 쇠고 와야 하는 상황이었던 만큼, 현성은 미련 없이 설 연휴에는 휴무를 하기로 결정한 상황이었다.

재충전의 시기가 필요한 때이기도 했다.

예전부터 찾아오는 손님들에게 안내를 하고, SNS를 통해 충분한 공지를 해둔 덕분인지 휴무일에 찾아와 안타깝게 발길을 돌리는 손님은 없었다.

연휴 기간 동안 현성은 구체적인 구상에 들어갔다.

최종적인 결정은 현성의 몫이었지만, 논의 상대는 의외로 자르만과 일리시아였다.

이유는 간단했다.

현성의 레시피의 근간이 되는 매혹 마법과 클린 마법에 대한 정확한 견적이 필요했기 때문이다.

장사도 중요하고, 그만큼 돈을 버는 것도 중요하지만.

그렇다고 해서 하루 종일 물에 손을 담그고 클린 마법만 기계처럼 시전하고, 또 매혹 마법만 수 없이 가미하면서 음식을 만들 수는 없는 노릇이었다.

현성은 자신이 일하기로 되어 있는 시간, 그리고 일과에서 매장 운영을 위해 투자하는 시간의 합산으로 충분히 커버가 가능한 규모의 프랜차이즈를 꾸리고 싶었다.

─네가 다른 곳에 마나를 쓸 일이 전혀 없다면… 이론적으로는 열다섯 군데 정도가 되겠구나. 그 정도까지는 네가 보유한 마나, 그리고 회복되는 양으로 얼마든지 가능하단다.

"하지만 그건 너무 비현실적인 것 같습니다, 스승님. 단순히 그런 용도로만 마법의 힘을 쓰고 싶지는 않습니다. 알고 계시잖습니까. 제가 스승님들로부터 부여받은 힘으로 해왔던 지난 일들을."

─알다마다. 그리고 앞으로는 더욱 그런 활동을 늘려가겠다는 것이 아니냐?

"예, 이왕이면 무리가 없을 정도로 조정하고 싶습니다. 돈이 중요하기는 하지만, 돈을 위해 사는 것은 아니니까요."

─끌끌끌, 난 그렇게 생각 안 하느니라! 돈이 최고지! 돈이면 예쁜 여자도, 으리으리한 집도, 수많은 노예들도 거느릴 수 있는 것이 아니겠느냐?

"하하하, 전 자르만 스승님이 아닌 현성이라서요. 해당사항은 없을 듯합니다."

─떼끼, 이놈!

─아, 조용히 좀 해봐요. 당신 때문에 계산이 안 되잖아요!

─아, 알았소. 흠흠. 험험…….

일리시아의 일갈에 장난스럽게 현성에게 말을 걸던 자르만의 목소리가 쏙 사그라들었다.

일리시아가 펼친 양피지 위에는 빈틈을 찾아볼 수 없을 정도로 빼곡하게 수식들이 채워져 있었다.

이미 그렇게 채워진 양피지만 수 십장이었다.

이 정도로 빈틈없이 일리시아가 계산하고 있는 것은 현성이 최대한으로 일에 집중하면서, 다른 것도 함께할 수 있는 최적의 수치를 구하기 위해서였다.

그러다 보니 다양한 변수를 넣고, 그간 일리시아가 현성의 일과를 보며 기록해왔던 것들을 합산하면서 시간이 걸렸던 것이다.

"어려운 부탁을 드려 죄송합니다, 스승님."

─호호, 미안해할 것 없다.

그 모습을 직접 볼 수는 없었지만, 일리시아의 목소리에서 묻어나는 것으로도 현성은 충분히 스승의 수고로움을 느끼고 있었다.

그렇게 몇 시간을 흘렀을까.

─됐다!

프랜차이즈 사업에 관련 된 자료들과 유사 사례들을 점검하고 있던 현성은 일리시아의 반가운 목소리에 자리에서 일어났다.

"어떻게 되었습니까, 스승님? 정말 수고하셨습니다!"

─여덟 개가 적당하겠구나. 어차피 너는 당일 새벽이나, 그 전날에 필요한 준비들을 해두는 만큼 회복 시간을 고려하면 그 정도가 딱 적당하겠구나.

"그렇게 하면 재료 공급에 무리가 없을까요?"

─네가 게으름을 피워 해야 할 일을 미루지만 않는다면… 마나가 부족해서 회복에 지나친 시간을 투자해야 된다거나, 필요한 마법을 쓰지 못할 일은 없어 보이는구나.

여덟 개.

현성이 생각했던 프랜차이즈 사업의 규모와 일치했다.

스물, 서른, 아니 그 이상의 대규모 프랜차이즈 사업은 애초의 구상에도 없었다.

적게는 다섯에서 많게는 열.

딱 이 정도 규모로 분점을 내는 것이 현성의 생각이었다.

초심을 잃지 않기에 적당하고, 관리하기에도 부담 없는 규모였다.

현성이 만들어내는 맛을 유지하기 위해서는 여타 맛집의 프랜차이즈가 그러하듯, 본점에서 만들어진 양념과 재료를 빠르게 공급하는 것이 중요했다.

현성은 프랜차이즈 분점의 위치를 수도권 안으로 한정하고, 개업과 동시에 안면을 터고 지내온 유통업체를 통해 재료들을 빠르게 공급할 예정이었다.

불순물을 의도적으로 유입시키거나 유통기한이 지난 재료를 쓰지 않는 이상, 이렇게 공급한 재료들은 1~2주는 족히 쓸 수 있었다.

야채라던가 반찬 같은 것은 분점 각각의 역량으로 자율 선택하도록 할 생각이기에 더욱 그러했다.

즉, 현성이 본점을 운영하는 시간 이외의 여유 시간들을 모두 빼앗길 염려도 없는 것이다.

"그럼 추진해 보겠습니다!"

현성이 힘찬 목소리로 외쳤다.

ㅡ그러려무나. 기록할 것이 더 늘겠어.

ㅡ항상 바쁘구만, 저놈은. 끌끌끌.

일리시아와 자르만의 소소한 투덜거림을 뒤로한 채, 현성은 좀 더 본격적인 준비에 들어갔다.

쇠뿔도 단김에 빼라 했던가.

그동안 모아둔 자금은 충분했다.

과거 상하차 작업소를 다니며 고된 노동 끝에 어렵게 돈을 모으고, 잠을 쪼개어가며 야간 일을 해 돈을 벌던 시절은 오래전의 이야기였다.

이미 창업에 들어갔던 돈은 회수한지 한참이었고, 지금은 그야말로 '억' 소리 나는 통장을 가지고 있는 현성이었다.

거창하게 프랜차이즈 사업을 벌릴 것은 또 아니었기에 지금의 자금으로도 충분했다.

원활하게 분점들을 관리하고 지원해줄 수 있는 정도면 되는 것이다.

그리고 확장 공사를 통해 두 배 이상으로 매출이 늘어난 본점에서 벌어들이는 수익도 상당했다.

여러 가지 정황이 현성에게 힘을 실어주고 있었다.

현성은 꼼꼼하게, 그리고 차곡차곡 프랜차이즈 사업 준비에 들어갔다.

첫 발은 SNS 공고를 통해 함께 할 사업자를 모집하는 일이었다.

단순하게 시작할 문제가 아닌 만큼, 현성은 정성 어린 소개문구와 매장의 운영 이념, 자신이 생각하는 '따뜻한 뚝배기 한 그릇'의 나아갈 방향에 대한 장문의 글을 작성하기 시작했다.

그렇게 현성의 연휴는 사흘의 새벽과 밤낮이 물 흐르듯 흘러갔다.

*      *      *

연휴가 끝나고.

현성의 프랜차이즈 모집 글이 올라오자, 현성의 트위터를 즐겨찾기에 추가해 두었던 유저들의 손가락을 타고 일사천리로 소문이 퍼져 나갔다.

문의가 빗발친 것은 두말할 나위도 없었다.

물론 그중에는 단순한 문의 전화라던가 혹은 업자들로 보이는 수상한 자들의 접근도 있었다.

하지만 대부분을 예상 범주 안에 두고 있던 현성으로서는 대수롭지 않은 일이었다.

현성은 서두르지 않았다.

계획했던 대로 차근차근 일을 진행했다.

현성이 원하는 조건.

그리고 추구하는 방향.

최종적인 목표.

모든 부분에서 의견이 일치하는 사람을 찾았다.

분점 만들기에 혈안이 된 여타 프랜차이즈와 달리, 신중하고도 차분한 현성의 접근에 적잖이 놀라는 사람도 있었다.

보통 온갖 감언이설과 함께 부정적인 면은 축소하고, 긍정적인 면만 부각시켜 계약을 유도하는 경우가 태반이었기 때문이다.

애초에 접근법이 다른 현성과의 대화 과정에서 오히려 문의자들의 반응이 바뀌는 경우가 더 많았다.

충동적으로, 별다른 고민 없이 뛰어들려 했다가 신중하게 자신의 사업을 재검토해 보게 된 것이다.

순기능의 순환이었다.

현성이 바라던 바이기도 했다.

시간이 흐를수록 추려지고 추려져, 뜻이 맞는 사람들만 남기 시작했다.

현성은 여유롭게 상황의 추이를 좀 더 지켜보기로 했다.

시작은 얼마든지 신중해도 좋다.

다만, 시작하고 나서는 과감하게, 추진성 있게 밀고 나가야 하는 것이다.

\* \* \*

"하아."

하늘 높이 뜬 달빛 사이로.

하얀 입김이 가로질러 흩날린다.

모두가 잠든 밤이지만, 쉬이 눈을 붙이지 못한 현성은 옥탑방 밖으로 나와 도시의 야경을 바라보고 있었다.

번화가는 불야성이었다.

유흥과 쾌락의 거리.

수많은 돈이 흩뿌려지고 사라지는 곳이다.

그리고 도심 밖, 깊은 골목가는 암흑 일색이었다.

수많은 애환과 사연을 가진 집안의 가장들이 옷깃을 여미며, 집에서 자신을 기다리고 있을 가족을 만나러 가는 거리다.

"그렇게 하는 게 옳겠지. 그리고 난 충분히 그럴 수 있는 힘이 있다."

현성이 스스로에게 되뇌듯 말했다.

유난히도 어두웠던 그날 밤.

현성은 두 명의 스승과 인연을 맺었다.

그리고 마법을 배웠다.

이후 현성의 삶은 완전히 달라졌다.

꿈꾸지 못했던 것을 꿈꿀 수 있게 되었고, 불가능했던 것을 가능하게 만들었다.

요원한 일처럼 보이던 어머니의 복수도 보란 듯이 첫걸음을 내딛었다.

사업은 탄탄대로 속에서 더욱더 창공으로 비상할 기회를 내다보고 있었다.

"모든 것을 바꿀 수는 없어도, 천천히 바꿔갈 수는 있겠지. 정의가 정의로서 바로 설 수 있도록."

꾸욱.

현성이 두 주먹을 불끈 쥐었다.

어쩌면 오지랖 넓은 괜한 참견일 수도 있었다.

하지만 현성은 마법의 힘을 얻었던 그 순간부터, 이것은 운명이라 생각했다.

남들은 얻을 수 없는 특이한 능력.

그 능력을 단순히 먹고 사는, 돈벌이를 위해서만 쓴다면 그것은 낭비였다.

존재의 가치조차 없는 것이다.

"후홋."

곰곰이 생각하고 있자니 피식 웃음도 났다.

마치 고층 빌딩 위에 올라 세상을 내려다보며, 만민을 구할
고뇌에 잠겨 있는 영화 속 영웅의 모습을 베끼는 것 같았다.

아무래도 좋았다.

마음먹고, 결심한 대로 행할 뿐이었다.

망설임은 없었다.

2장
실력 발휘

"지금까지 배운 마법 중에 가장 어렵고, 무엇보다 시간이 오래 걸리는군요."

─끌끌끌! 헤이스트 마법이 가장 적응하기가 어렵지. 왜냐면 향상 된 육체적 능력만큼 주변의 사물들도 순식간에 네 곁을 지나가기 때문이다. 움직이며 그 거리와 속도를 체감하지 못하면, 사고가 나는 법이지! 바로 지금처럼!

퍼억!

"커억! 컥! 컥!"

현성이 고통에 찬 기침을 연이어 토해냈다.

반사적으로 속도를 급격히 낮췄기에 망정이지, 그렇지 않았다면 나무줄기에 가격당한 복부가 그대로 반 토막이 났을 지도 몰랐던 상황이었다.

　―몸의 속도는 빨라지고, 눈에 보이는 것은 그대로라면 너무나도 좋겠지. 하지만 그건 네가 알다시피 원리에 맞지 않는 것이다. 결국 가속되는 속도에 맞춰 동체 시력을 맞추지 못하면, 장애물인 많은 공간에서는 쓸 수가 없다.

　"하지만 완벽하게 익힐 수만 있다면, 블링크보다 더 효율이 좋은 마법 아니겠습니까? 허억, 큭, 크윽."

　―당연하다. 다만 성한 몸으로 쉽게 습득할 수 있을 것이란 생각은 말거라. 나 역시도 이빨 서너 개를 헌납하고 나서야 깨우쳤느니라.

　"그 정도는 좀… 하앗!"

　<u>스스스스스슥!</u>

　헤이스트 마법을 전개하자, 현성의 움직임이 순식간에 최대 속도로 가속되었다.

　탁 트인 공터 대신, 현성은 늘 그렇듯 인적이 없는 야산 속을 가로지르고 있었다.

　아직 해가 뜨기까지는 시간이 좀 남아 있는 늦은 새벽.

　하지만 어제부터 다시 찬바람이 매섭게 불어 닥치기 시작한 덕분인지 산자락 근처에서도 사람 코빼기조차 찾아볼 수 없었다.

　휘이이이이익!

현성이 스쳐지나가는 자리마다 나뭇가지나 작은 자갈돌들이 회오리처럼 솟구쳤다 떨어지기를 반복했다.

벌써 사흘 째였다.

밤잠을 반납해가면서 전력을 다해 연습하고 있었지만, 동체 시력이 단번에 좋아질 리는 없었다.

그래도 꾸준히 쉬지 않고 연습한 덕분인지 빠르게 적응되어가는 중이었다.

게다가 보이는 것이라고는 달빛이 전부인 새벽녘의 연습이었기 때문에, 그 페널티를 극복하는 만큼 숙련도도 높아졌다.

낮보다 어둡기 때문에 사물 파악이 빠르게 안 되는 부분도 있었던 것이다.

확실히 신세계였다.

평소에 보던 시야를 수 배에서 수십 배 빨리 감기를 해서 보는 느낌이었다.

사실 원리는 간단했다.

육체적인 능력을 극대화시켜, 이동 속도를 최대로 늘리는 것이다.

당연히 하체에 모든 강화 능력이 집중되었다.

현성은 자신할 수 있었다.

만약 세상의 모든 사람들이 자신을 이상하게 보지만 않는다면, 지금 당장 올림픽 육상경기에 출전해 세계 신기록을 갈아 치우고도 남을 것이라고.

100m를 주파하는데도 가속 구간을 포함해 4~5초 남짓이면 충분했던 것이다.

문제는 순식간에 빠른 거리를 이동하기 때문에 생기는 시야의 문제였다.

현성이 사흘 내내 몸 어느 한 곳이 남아나지 않을 정도로 부딪히고 깨지고 있는 이유도 그때문이었다.

하지만 확실히 연습의 효과는 있었다.

직선이나 적당한 곡선 주로에서 발생하는 대부분의 변수는 평범하게 걸을 때 피할 수 있는 것처럼 자연스러워졌다.

다만 완벽을 바라는 현성의 발목을 잡는 것은 지그재그로 움직이거나, 횡이동과 종이동을 수시로 반복하는 변칙성의 움직임에서 발생하는 문제였다.

쉽게 말해 정신없었다.

일반적인 속도로 걷거나 뛰기만 해도 상하좌우 방향으로 움직임을 반복하면 어지럽게 마련이다.

헌데 수 배 이상의 가속된 상태로 그와 같은 이동을 반복하니 어려운 것이 당연했다.

현성은 이것까지 완벽해질 때까지 연습을 할 요량이었다.

실전은 연습처럼 녹록치 않기 때문이다.

언제, 어느 상황에서 이런 움직임을 해야 할 상황이 꼭 있을 것이라는 장담은 못하지만, 반대로 없을 것이라고도 장담할 수 없는 것이다.

슈우우욱! 슈욱! 슈욱!

귓가를 스치는 바람 소리.

처음에는 부담스럽기만 했던 바람 소리가 이제는 시원하게, 그리고 활기차게 귓가를 스쳐갔다.

현성은 몸의 힘을 최대한 빼고, 강화된 하체가 내달리는 길의 흐름을 따라 시선만 움직이고 있었다.

상하좌우를 어지러이 살필 필요가 없었다.

발이 향하는 길.

그 길만 보면 됐다.

그리고 그 길의 이동 경로에 장애물이 보일 즈음.

다음 이동 경로를 찾으면 됐다.

그러고도 여유는 충분했던 것이다.

─제법이구나. 끌끌끌.

묵묵히 현성을 지켜보고 있던 자르만이 고개를 끄덕였다.

역시 제자였다.

남들이 겪는 만큼의 시행착오를 겪지 않고도, 몇 번의 실수에서 파생할 수 있는 다른 실수까지 모두 걸어냈다.

"마나 소모가 좀 있기는 하지만, 그래도 이 정도면 정말 유용하겠는데요?"

─누구를 추격하거나, 혹은 추격을 따돌리는데 있어서는 제격이다. 게다가 헤이스트를 전개하는 와중에도 얼마든지

다른 마법을 전개할 수 있다. 감속이 되는 동안에도 약간의 여유는 있으니까 말이다.

"그럴 것 같습니다. 마법 시전이 끝났다고 해서 속도가 바로 0으로 수렴하지는 않으니까요."

―바로 그렇지.

"후아. 이건 정말 여러 가지로 용도가 다양할 것 같습니다."

휘이이이이이이이! 쉬이이이이이이!

현성이 더욱 속도를 냈다.

이번에는 좀 더 아슬아슬하게 나무와 나무 사이를 가로지르며 움직였다.

―벌써 끝났어요?

―클클클, 자르만의 제자들은 보통 청출어람이라 하지 않았소. 내 제자에게 필요한 시간은 딱 사흘뿐이었소. 끌끌끌!

―그게 무슨 소리에요? 자르만의 제자라니. 우리의 제자죠! 당신과 내가 함께 다루는 제자 아니었나요?

―이보시오, 부인! 지분을 생각해 보란 말이요. 녀석은 백마법보다 흑마법에 더 관심도 많고, 실제로도 그리 배우지 않았소? 안 그렇더냐, 제자야?

"스승님, 저 잠시 대답 못합니다! 좀 더 연습해야 될 것 같거든요!"

―이, 이, 이놈아!

자르만의 애탄(?) 어린 외침이 무색하게 현성이 환한 미소를 지으며 최대 속력으로 가속했다.

아슬아슬하게 장애물을 비켜 지나갈 때마다 짜릿한 전율이 일었다.

마치 롤러코스터를 타는 듯한 느낌이었다.

빨라진 몸에 적응이 되어서, 오히려 평범하게 걷거나 뛰는 정도로는 감칠맛이 날 것 같은 느낌이었다.

그렇게 동이 틀 무렵까지 연습을 하고 나서야 현성은 만족스러운 구슬땀을 흘리며 산을 내려올 수 있었다.

깨달음은 갑자기, 모든 마음의 부담을 비웠을 때 온다고 하던가?

현성이 그러했다.

점점 강해져 가는 현성의 앞에 헤이스트라는 좋은 이동 마법이 장착된 것이다.


*　　　*　　　*


촤르륵. 촤르륵.

집으로 돌아온 현성은 들어오는 길에 가져온 신문을 바로 펼쳤다.

요 근래 아침 일상 중 하나가 된 일이었다.

신문을 보는 것.

그리고 세상이 돌아가는 과정을 살피는 것.

더 나아가 현성의 힘이 닿을 수 있을 만한 것을 찾는 일과가 새로이 생긴 것이다.

첫술에 배부를 수는 없는 법.

세상의 모든 비리, 부정부패, 사건사고들을 다 책임지겠다는 생각은 없었다.

다만 현성 자신의 힘이 바로 닿을 수 있고, 충분히 해결할수 있는 일에는 망설임 없이 능력을 쓸 생각이었다.


J 기업발 정계 폭풍, 뇌물 비리의 끝은 어디인가?


늘 그렇듯, 1면 기사는 정계와 재계의 굵직한 핫이슈로 시작됐다.

촤륵. 촤르륵.

현성은 무심히 다음 장을 넘겼다.

바로잡고 싶지 않아서가 아니었다.

아직은 이 모든 것을 원래대로 돌릴 만할 정도의 절대적인힘이 없기 때문이었다.

그렇게 몇 장을 넘겼을까?

시시콜콜한 가십성 기사들을 넘기고, 먼나라 이웃나라의토픽이니 뭐니 하는 것들을 넘기고 나서.

현성의 눈길을 끄는 기사가 보였다.

백운호수, 기습적으로 뿌려진 공업용 폐수로 인해 긴 시름…
인면수심의 범죄자들, 그리고 죽어가는 호수.

내용은 제목 그대로였다.

인적이 드문 어느 날 밤.

다량의 공업용 폐수를 가득 담은 몇 대의 용달차들이 백운
호수 인근에 차를 세웠고.

그날 무단으로 폐수가 담긴 통을 대량으로 호숫가 아래로
굴려 넣어 폐기했다는 것이다.

그 과정에서 난 흠집으로 인해 밀봉 상태가 풀린 몇 개의
통에서 폐수가 유출되었고, 이로 인해 호수에 살던 물고기가
떼죽음을 당하게 되었다.

뿐만 아니라, 폐수로 인해 호수 전체가 오염되면서 겨울임
에도 불구하고 심각한 악취가 나고 있다는 것이다.

무단투기 현장을 목격한 목격자는 일부 있었지만, 워낙에
야음을 틈타 순식간에 이루어진 일이라 용의자 추적은 요원
한 일이라 했다.

아울러 심각한 호수의 오염상태를 개선할 만한 방책 마련
이 시급하다… 라는 문제 해결을 촉구하는 내용의 기사였다.

"클린 마법."

반사적으로 현성의 머릿속에 떠오르는 단어가 있었다.

바로 클린 마법이었다.

클린 마법은 현성이 배운 이후, 그 어떤 마법보다도 줄기차게 시전해 왔던 마법이었다.

재료를 만들기 위해서는 반드시 물이 필요하고, 현성은 사용하는 모든 물에 항상 클린 마법을 시전 해왔기 때문이다.

이제는 눈 감고도 자유자재로 마나의 양을 조절하며 마법을 시전할 수 있을 정도였다.

현성은 일리시아나 자르만을 불러볼까 하다가 다시 고개를 저었다.

자신이 보유한 마나의 양으로 가능할지, 불가능할지에 대한 판단을 듣고 싶어서였다.

하지만 현성은 그런 계산적인 판단 대신, 우선 부딪혀 보고 싶은 마음에 묻지 않기로 했다.

해보는 것이다.

그래서 해결이 된다면 더할 나위 없이 좋은 것이고.

안 되면, 그 다음의 해결책을 고민해 보면 되는 것이다.

\*　　　\*　　　\*

하루의 일과를 마치고.

현성은 폐점과 동시에 얼마 전 구입한 중고 오토바이에 몸을 실었다.

중고 자동차나 소형 자동차를 사기에는 계속해서 들어갈 유지비가 마음에 걸렸던 것이다.

돈을 아끼면 아꼈지, 흥청망청 쓸 생각은 없었다.

아직까지는 작은 오토바이로도 충분히 가고 싶은 곳을 갈 수 있었다.

사실 또 오토바이만이 주는 바람 소리, 그 쾌감이 즐겁기 때문이기도 했다. 물론 안전은 최우선으로 고려하고 또 조심해야 할 사안이었다.


—MT라고 술 많이 먹지 말고, 적당히 재밌게 놀다가 자. 난 퇴근길이야. 들어가는 대로 눈 붙이고 잘까 해. 내일 돌아올 때 연락해.


부릉! 부르릉!

현성은 수연에게 보내는 문자 한 통을 남기고는 시동을 걸었다.

이제 곧 신학기가 되다 보니, 그전에 동아리에서 단합 MT를 갔던 것이다.

현성은 시시콜콜하게 그곳에서 무슨 일이 있는지, 남자 선배들이 치근덕거리지는 않는지 신경 쓰는 타입은 아니었다.

기본적으로 수연을 믿기 때문이기도 했다.

만약 그 믿음을 저버리고 자신이 모르는 사이에 다른 사람에게 호감을 표현했다거나 양다리를 걸치거나 한다면?

그때는 정리하면 되는 것이다.

자신만을 바라보지 않는 여자라면 현성도 마음을 줄 생각도, 그럴 이유도 없었다.


—응, 오빠! 일쩍 잘거야! 그리고 별일 없으니까 걱정 말라구요~ 얼른 자! 내일 봐, 오빠~♥


바로 날아온 답장에는 알콩달콩한 사랑이 쏙 담긴 내용이 적혀 있었다.

우우우웅!

현성은 자신도 모르게 피어오르는 미소를 머금은 채, 지체할 것 없이 방향을 돌렸다.

목적지는 백운호수였다.


가는 길은 한산했다.

백운호수를 따라 늘어선 테마 카페나 라이브 카페들은 보통 열한 시를 전후로 문을 닫는 편이었다.

음식점의 폐점 시간은 더 빨랐다.

그러다보니 현성이 도착할 즈음이었던 열한 시 반에는 대부분의 인적이 끊기고, 이따금씩 반대 방향으로 빠져나가는 차 몇 대만 볼 수 있을 정도였다.

"음……."

적당한 곳에 오토바이를 세운 현성은 유심히 주변을 살폈다.

무턱대고 호숫가로 달려들 수는 없으니, 자리를 잡을 만한 공간이 필요했다.

클린 마법을 통해 오염된 물이 정화되는 만큼, 오염을 유발시켰던 요소들은 한쪽 손을 통해 빠져나오기 때문이다.

그 찌꺼기들을 적당히 걷어낼 수 있는 공간도 필요했다.

"저기가 좋겠다."

가로등 불빛 아래로 보이는 수풀들 사이를 살피던 현성의 눈에 띈 자리가 있었다.

의도했던 것은 아니겠지만, 무단으로 폐기물들을 투척했던 사람들이 현장에 버리고 간 것으로 보이는 드럼통이 몇 개 널려 있었던 것이다.

"시간이 흐를수록 더 오염이 될 텐데. 왜 뒷짐 지고 구경들만 하는 거지. 신문에서도 다뤄줄 정도로 중대한 일을."

현성은 이해할 수 없었다.

당장에 배라도 띄우고, 추가 피해를 막기 위한 방제 작업을 하든 무엇이든 해야 하지 않은가?

하지만 이렇게 보란 듯이 현장 보존(?)이 잘 되어 있는 것으로 봐선 이슈만 되었을 뿐, 후속 처리가 전혀 되어 있지 않은 듯했다.

휘이이잉!

그러는 사이 차 한 대가 무심히 현성의 뒤를 스쳐 지나갔다.

이쪽은 차를 세우고 산책을 즐길 만한 그런 장소는 아니었다.

밤이기에 신경 쓸 시선이 더 적은 만큼, 현성은 성큼성큼 내려가 드럼통 옆에 자리를 잡았다.

"후우."

날이 풀리긴 했어도 겨울은 겨울이었다.

물가 가까이로 가니 으슥한 한기가 느껴졌다.

현성은 옷깃을 여미며 한 번 심호흡을 하고는 천천히 왼손을 호수 속에 담그기 시작했다.

"클린."

현성이 바로 클린 마법을 시전했다.

그러자 마나의 기운이 빠르게 현성의 전신을 훑은 뒤, 손끝을 통해 빠져나가기 시작했다.

스물스물— 스물스물—

정화가 시작되고 있었다.

현성의 왼손에서 희미한 회백색의 불빛이 반짝일 때마다 왼손에서 오른손으로 이어져 있는 무색의 마나 라인(Mana Line)을 타고 오염된 기운이 빠져나왔다.

"……"

뚝— 뚝—

찐득찐득하면서도 아주 짙은 검은색의 점액체가 마나 라인을 타고 현성의 오른쪽 손끝을 지나, 드럼통 안으로 떨어졌다.

직접 코를 대고 냄새를 맡아본 것은 아니지만, 보는 것만으로도 깊은 역겨움이 느껴졌다.

"후우. 후우우."

손끝에서 느껴지는 한기를 달래고자 현성이 계속 심호흡을 반복했다.

그때마다 호흡의 리듬에 맞춰 마법의 기운도 강해졌다 약해지기를 반복했다.

그렇게 조용히 시간이 흐르기를 30분 여.

현성은 순간 머리가 핑하고 도는 느낌과 함께 메슥거림이 치밀어 오르는 것을 느꼈다.

보유하고 있던 마나가 고갈된 것이다.

"하아, 하아, 하아."

마나의 사용은 마나만큼이나 그 이상의 체력을 필요로 한다.

그때문인지 마법 시전을 중단하고 호수에서 손을 떼자, 기다렸다는 듯이 가쁜 숨을 몰아쉬었다.

"하아, 하아, 하아. 장난 아닌데?"

현성이 수풀 위에 드러누운 채, 뜨거운 숨을 토해냈다.

회복 시간이 필요했다.

드럼통에는 벌써 40% 가까이 불순물들이 가득 차 있었다.

저것이 바로 호수를 오염시킨 폐수의 정체였다.

전신의 힘이 방전된 느낌.

현성은 이것저것 생각할 것도 없이 드러누운 채로 한참을 있었다.

그러자 서서히 마나의 기운이 다시 몸을 감싸고, 이내 마나 홀을 채워가는 것이 느껴졌다.

이쯤이면 참견하기 좋아하는 두 스승이 나타날 때가 되었을 법도 한데, 아무 말 없이 조용했다.

현성은 두 스승이 혹시나 조용히 자신을 지켜보고 있는 건 아닐까 하는 생각도 들었다.

상관없었다.

두 스승에게 있어서 자신은 아끼는 제자임과 동시에 항상 지켜보고 기록하는 '실험 대상'이기도 했으니까.

현성은 자신의 위치를 정확히 알고 있었다.

굳이 알고 있는 현실을 부정할 이유는 없는 것이다.


그렇게 30분 정도가 지났을까?

호숫가의 으스스한 한기가 깊게 파고들 즈음, 현성의 마나도 가득 채워졌다.

현성은 바로 왼손을 담갔다.

계속 반복이었다.

클린 마법은 자신이 보유하고 있는 마나 총량과의 싸움이었다.

클래스가 낮고, 마나 홀의 깊이가 얕을수록 마나는 금방 사라지게 된다.

반대로 클래스가 높고, 마나 홀의 깊이가 깊을수록 마나 고갈에 걸리는 시간도 길어지며, 마법 전체의 효율도 높아지게 되는 것이다.

현성은 후자였다.

본인은 이것이 어느 정도의 수준인지 짐작조차 하지 못했지만, 마나의 총량만 놓고 본다면 일리시아나 자르만의 9할 가까이를 육박할 정도였다.

물론 깨달음과 마법의 깊이, 활용에 있어서는 아직 부족했다.

달리 말하자면 아직 갈 길이 멀고 또 많은, 가능성이 많은 상황이기도 했다.

무한 반복이었다.

현성은 그렇게 밤을 새워 같은 작업을 반복했다.

처음에는 의식적으로 시간을 재가며 했던 것도, 시간이 지나자 무아지경이었다.

그렇게 새벽녘이 되고 나니, 동이 트기 시작했다.

드럼통 세 개에는 온통 찐득한 검은 액체로 가득 채워져 있었다.

이 엄청난 양의 폐수가 호숫가를 휘젓고 다녔을 생각을 하니, 등골이 오싹하고도 섬뜩했다.

"아!"

현성이 밤새 굳어 있던 허리를 펼치며, 신음과 한숨이 뒤섞인 목소리를 토해냈다.

동쪽 하늘로 고개를 내미는 아침의 햇빛 사이로 호숫가의 모습도 슬슬 눈에 들어오기 시작했다.

"달라졌어."

한눈에 보였다.

표면을 가득 채웠던 거품들.

그리고 물속이 어떤지 가늠조차 할 수 없었던 탁기(濁氣)가 많이 걷혀 있었던 것이다.

완벽하게 끝난 것은 아니지만, 육안으로 보기에도 기적이라 해도 될 정도의 변화였다.

아마 누군가가 밤새 달라진 호수의 모습을 본다면, 놀라도 한참을 놀랄 터였다.

하지만 현성은 묵묵히 밤샘 작업으로 흐트러진 옷매무새를 다잡고는 오토바이 위에 몸을 싣고는 헬멧을 썼다.

출근할 시간이었다.

두 시간 뒤에는 항상 그랬듯, 매장에서 반가이 손님을 맞이할 시간인 것이다.

부우우웅—!


어둠이 걷히고 아침이 되자, 호숫가의 사람들은 달라진 호수의 모습에 놀라움을 금치 못했다.

완전히 깨끗해진 것은 아니지만, 어제에 비해 눈에 확연하다 싶을 정도로 물 색깔의 변화가 있었던 것이다.

악취가 많이 걷어진 것이 바로 그 증거였다.

어제까지만 해도 제대로 장사조차 하지 못할, 그래서 시청 민원실에 불이 나도록 전화를 하고, 심지어는 항의 방문까지 하며 빠른 해결을 촉구했던 사람들이었다.

놀란 것은 호숫가 인근에서 살거나, 장사를 하던 사람뿐만이 아니었다.

현장 문제 해결을 위해 다시 호수를 방문했던 시청 직원들과 담당자 역시 놀라긴 매한가지였다.

도대체 누가? 어떻게? 언제?

아무도 모르는 사이, 간밤에 이루어진 대규모 정화 작업.

이 정도로 오염된 물을 정화시키는 것은 보통 규모로 되는 것이 아니었다.

호수 전체에 유입되어 바닥에 깔린 폐수 찌꺼기들을 걷어내고, 이미 물에 섞여 버린 탁기를 걷어내야 하는 작업이기 때문이다.

물리적인 시간도 충분히 확보해야 할 뿐더러, 그에 따른 장

비나 인력들도 필요했다.

그러나 지난 밤 동안 주변의 어느 누구도 변화를 눈치채지 못했다.

변화가 일어날 수도 있다는 조짐조차 받지 못했던 것이다.

그런 와중에 호수가 변해버렸으니, 누구도 시원한 답을 낼 수 없었다.


그날 밤.

현성은 일을 마치자마자, 다시 호수로 향했다.

아침에 변화된 호수를 본 영향 때문일까?

호수 외곽을 따라 길게 나 있는 도로 군데군데에 정체불명의 차량들이 여럿 서 있었다.

카메라가 주로 보이는 것이 간밤에 호수에서 일어난 변화의 원인을 찾고자, 잠입 취재 등을 하기로 한 방송국 관계자인 듯싶었다.

현성이 스마트폰을 이용해 무심코 돌려본 채널에는 마침 관련된 보도가 이어지고 있었다.


달라진 백운호수, 도대체 무슨 일이 일어났던 것일까?

신약의 등장? 폐수로 얼룩진 죽음의 호수에 갑자기 불어온 생기!

이슈가 되는 것이야 당연하겠지만, 현성으로서는 달갑지 않은 관심이기도 했다.

누군가에게 생색을 내면서 선행을 하려던 것은 아니었으니까.

부우우웅!

현성은 더욱 속력을 냈다.

사람들이 뻔히 기다리고 있는 앞에서 보란 듯이 일을 벌일 수는 없는 노릇.

현성은 인기척이 거의 느껴지지 않을 때까지 외곽으로 계속 이동했다.

위치가 어디인지는 중요하지 않았다.

호수에 한쪽 손을 담그고, 클린 마법을 무난하게 시전할 수만 있으면 되는 것이다.

그렇게 이동하기를 약 10분 여.

현성은 인적과 차편, 모두 보이지 않은 적당한 장소에 도착할 수 있었다.


"혹시 모르니까, 이게 좋겠군."

현성이 매고 온 가방 속에서 검은 복면을 꺼냈다.

얼굴에 딱 맞는 복면.

그래서 선 굵은 현성의 눈매가 드러나는 것을 제외하고 다른 부분은 보이지 않았다.

맨 처음 복면을 착용할 때만 해도 임시방편처럼 쓰게 된 것이었지만, 이제는 떼려야 뗄 수 없는 트레이드 마크처럼 되어가고 있었다.

여기서 사극에 나오는 인물처럼 머리만 좀 더 기르고, 흑색 도복을 입는다면 정말 영락없는 무사처럼 보일 것 같았다.

현성은 빠르게 자리를 찾았다.

어제처럼 버려진 드럼통이 있을 만한 장소를 찾다보니, 영락없이 어제와 비슷한 장소가 나왔다.

호숫가가 언뜻 보기엔 수풀로 둘러싸여 있어 깨끗한 것처럼 보여도, 이렇게 깊숙하게 들어오면 보이지 않는 쓰레기들이 많은 게 사실이었다.

물론 지금의 현성에겐 유용한 쓰레기들이었다.

스윽—

현성이 망설임 없이 손을 담갔다.

그리고 어제처럼 정화 작업이 이루어졌다.

저 멀리 호수 반대편에 늘어선 몇 대의 차들이 보였지만, 여기까지 보일 리는 만무했다.

혹, 보인다 치더라도 복면 쓴 현성의 모습 정도밖에 보이지 않으리라.

─꽤나 열심히구나, 끌끌끌! 어떠냐? 남들이 하지 못하는 일을 너는 해낼 수 있다는 것 말이다.

"뿌듯합니다. 기분 좋기도 하구요."

―그것뿐이냐? 그게 아닐 텐데? 솔직하게 말해 보거라!

"제 힘이 더 강해질수록 제가 원하는 대로 질서를 바로잡을 수 있을 것 같다는 생각도 듭니다. 여전히 세상에는 부조리한 많은 것들이 버젓이 고개를 들고 살아 있으니까요."

―끌끌끌, 영웅 놀이도 나쁘진 않지. 물론 영웅은 한 사람일 때만 빛나는 법이다. 영웅이 여럿이면, 하나를 제외한 나머지는 모두 악역이 될 뿐이니깐 말이다. 넌 만약에 후자와 같은 상황이 벌어진다면 어느 쪽이 될 것 같으냐?

"악역은 안 될 겁니다. 악역은 스승님으로도 족하지요."

―정말 유용하게 마법을 써먹고 있구나. 마법을 쓸 수 있을 때, 아낌없이 쓰는 것은 얼마든지 좋다. 그 경험과 시간만큼, 분명 네게는 어떤 형태로든 보답이 돌아올 것이다.

"예, 스승님. 명심하고 있습니다. 그리고 감사합니다. 두 스승님께서 알려주신 마법 덕분에 죽어가던 호수에 생명을 불어넣고 있지 않습니까?"

뚝― 뚝―

현성이 자연스럽게 말을 이어가는 동안에도 오른손에서는 계속해서 찌꺼기들이 뚝뚝 떨어졌다.

확실히 체감이 되는 것은 지난 새벽보다 모여드는 '오염 요소'들의 양이 확연히 줄었다는 것이다.

그때는 거의 물 흐르듯이라고 해도 무방할 정도로 손끝에서 계속 검은 찌꺼기가 쉴 새 없이 쏟아져 내리곤 했었다.

―즐거우냐?

"예."

―클클클, 그럼 됐다. 의무감으로 할 필요는 없다. 네가 원해서 해야 하는 게지. 힘을 가진 자란, 생각과는 달리 외로운 법이다.

"왜 그렇습니까?"

갑자기 차분해진 스승 자르만의 목소리.

스승의 묘한 감정 변화를 캐치한 현성은 자르만에게 되물었다.

―곰곰이 생각해 보거라. 이건 내가 답을 줄 수 없는 문제이니, 껄껄껄.

넉살 좋은 웃음으로 넘기지만, 그 이면에서는 알 수 없는 여운 같은 것이 느껴졌다.

무엇 때문일까?

알고 싶었지만, 현성은 다시 묵묵히 하던 일에 집중했다.

필요하다 생각되면, 언제든 두 스승님은 자신에게 아낌없이 조언을 해주실 것이다.


그렇게 호수 정화 작업은 나흘 동안 계속됐다.

이틀째가 되었을 때에는 이미 육안으로 변화가 완벽하게 보일 정도로 호수가 깨끗해진 상황이었지만.

현성은 좀 더 힘을 내서 이틀 동안 추가적인 작업을 이어갔다.

첫날과 이튿날에는 힐을 통한 체력 회복, 그리고 쉬면서 마나를 재충전 하는 방식으로 전력을 다해 움직였다.

하지만 사흘째부터는 확실히 몸에 무리가 오는 것이 느껴진 탓에 모든 시간을 투자할 수는 없었다.

무엇보다 체감되는 변화가 마나 회복량의 급감이었다.

게다가 힐 마법의 효율도 반 토막 나다시피 했고, 현성 스스로가 느끼는 몸 상태는 최악이라 해도 무방할 정도로 나빠져 있었다.

현성이 일을 시작한 뒤, 처음으로 매장 문을 자신이 아닌 상화가 대신 연 시점도 바로 이때였다.

과도한 마법 시전으로 인해, 마나와 육체적인 회복량이 경우에 따라 줄어들 수 있다는 것은 자르만과 일리시아 모두 얘기해주지 않은 사실이기도 했다.

두 스승님은 자신이 스스로 벽에 부딪히고 깨닫길 바랐던 것일까?

현성은 녹초가 된 몸으로 꼬박 이틀을 퇴근 후, 휴식에만 전념해야 했다.


백운호수에서 벌어진 기적과도 같은 정화 현상.

현성의 힘으로 생겨난 변화는 연일 방송 매체를 통해 뉴스로, 이슈로, 특종으로 다뤄질 정도로 매스컴의 핫라인에 오르내렸다.

하지만 결론은 없었다.

온갖 추측만이 난무했다.

모 전문가는 호수 중앙의 바닥에 깊은 구멍이 생겨, 그 사이로 오염물질들이 빨려 내려가 사라졌다고 했다.

UFO 추종 단체에서는 UFO의 특수 광선(?)에 의해 벌어진 현상이라며, 곧 UFO가 이곳에 착륙할 것이라는 엉뚱한 전망을 내기도 했다.

그 바람에 전국 각지의 UFO 동호회 사람들이 상경해, 인근의 모텔이나 민박집에 장기 투숙을 하는 웃지 못할 일이 생기기도 했다.

뚜렷한 정답이 없는 추측만 무성했기 때문일까?

자신이 행한 기적이라며 나타나는 사이비 종교 단체의 교주들까지 등장했다.

현성은 묵묵히 상황을 지켜보기만 했다.

소문만 무성한 가운데 소위 '날파리' 들이 꼬여들었지만, 반향은 크지 않았다.

대신 예전의 청정함을 되찾은 호수에 대해 사람들이 행복해하고, 또 되찾아준 '누군가' 에게 고마움을 갖는 사람들을 보는 걸로도 충분했던 것이다.

현성은 바로 다음 일을 찾았다.

절대로 무리해서는 안 된다는 교훈도 얻었고, 이제는 적당히 체력 안배를 해가며 일을 이어나갈 생각이었다.

그러던 차에 생각지도 않던 곳에서 새로이 불씨가 타올랐다.

바로 양철이파의 공백으로 인해 무주공산이 된 상권을 노리고 들어온 '똥파리'들이 있었던 것이다.

*　　　*　　　*

"헤헤, 형님! 여기 완전 꿀 아닙니까? 양철이파 놈들 한 방에 갔다면서요. 다른 쪽에서도 그닥 신경 안 쓰는 것 같은데, 순식간에 확 접수해 버리죠!"

새천년 도전파.

약칭 '천년파'로 불리는 이 조직은 한 곳에 터를 잡고 장기간 머무는 조직이 아닌, 이른바 철새 조직이었다.

조직의 규모 자체가 크지 않기 때문이기도 했지만, 다양한 지역을 돌아다니며 빈틈을 노리고 이권 사업을 빼앗는 방식으로 두둑하게 잇속을 챙겨왔기 때문이었다.

양철이파와 비슷한 형식으로 경찰의 대대적인 수사, 혹은 조직 핵심 인사들의 체포로 와해 직전에 이르러 있는 조직들의 권역을 노리는 것이 천년파의 노림이었다.

그러던 와중에 입수된 것이 바로 양철이파의 공중분해였다.

당연히 냄새를 맡은 천년파의 두목 강구성이 조직원들을 대동하여 상경했고, '따뜻한 뚝배기 한 그릇' 본점으로 유명세를 타기 시작한 이 거리에 나타나게 된 것이다.

이미 사흘 전부터 파악이 완료 된 점포들을 대상으로 은밀하게, 그리고 위협적으로 상권을 잠식해 나가는 중이었다.

"후아, 술기운이 오르는구만."

"새로운 노른자가 되겠습니다, 형님. 킬킬킬."

강구성과 부하들은 새로운 터전에 무혈입성하게 된 것을 자축하며, 거나하게 술파티를 벌이고 아지트로 돌아가는 중이었다.

새벽 내내 내린 비 때문인지, 길거리에 사람은 적었다.

거리의 끝에 보이는 어둠 속으로 사라지고 있는 천년파 무리들만이 지나다니는 사람의 전부였다.

그르르르릉— 구르르르릉—

"시벌, 비가 또 오는구먼?"

"어서들 들어가서 눈이나 붙이자고. 내일부터 할 일이 많으니까 말이야."

"예엣, 형님!"

다시 내리기 시작한 비에 강구성과 부하들이 짜증을 내며 발걸음을 더욱 재촉하기 시작했다.

쉬이이이이익!

뻐어억!

"으가아악!"

바로 그때.

빗줄기 사이를 뚫고 날아온 무형의 기운 하나가 있었다.

보이지도 않는 기운에 얼굴 정면을 강타당한 떡대는 그 자리에서 뒤로 나자빠지며, 그대로 정신을 잃었다.

내지른 비명이 마지막 말이었다.

쏴아아아!

빗줄기는 순식간에 장대비로 바뀌었다.

뼈억! 빠악! 퍼억! 뼈어어억!

"꺼억!"

"크억!"

"으컥!"

여기저기서 비명 소리가 터져 나왔다.

빗소리에 가려진 수십 번의 격타음에 예닐곱 명의 사내들이 나가떨어졌다.

"웬 놈이냐?"

당황한 강구성이 주변을 살폈다.

싸움터에서 뼈가 굵은 자신이지만, 아무리 주변을 둘러봐도 선공을 가한 상대가 보이지 않았다.

아니, 상대 한 명이 아니라 이 정도면 여럿은 될 터.

그러나 짐작조차 할 수 없었다.

저벅— 저벅—

그때.

길목 한 켠의 어둠 속에서 복면을 한 사내가 모습을 드러냈다.

현성이었다.

현성의 숏 인비저블과 매직 미사일을 알 리 없는 강구성은 현성을 보는 와중에도 부산스럽게 양옆을 살폈다.

상대는 단신(單身)이었다.

근데 벌써 열 명에 가까운 자신의 부하들이 거품을 토해내며 바닥을 나뒹굴고 있었다.

"처음이자 마지막으로 경고하지. 더 이상 이곳에 모습을 보이지 마라. 앞서 떠나간 양철이파의 뒤를 밟고 싶지 않다면."

현성의 냉정한 경고.

강구성은 그 말을 듣는 순간, 함부로 달려들면 안 되겠다는 생각을 했다.

잔뼈가 굵은 싸움꾼으로서의 본능이었다.

하지만 부하들은 쓸데없이 용감했다.

이미 외투나 겉옷을 벗어 집어 던지며, 현성에게 달려들고 있었던 것이다.

"어디서 복면을 쓴 새끼가 나와서 지랄이야! 지랄도 풍년이다, 이 새끼야!"

"뭣들 하고 있어, 그냥 끝을 내자니까! 저 새끼 한 놈이 선

빵친 거 같은데?'

부하들이 달려드는 판국에 두목이 말리는 것도 이상한 일.

무엇보다 쪽수가 상대가 안 됐다.

일부가 아지트에 남아 있긴 했어도 이쪽은 스물, 저 쪽은 아무리 봐도 한 명이었다.

강구성은 냉정히 마음을 다잡고는 자신이 괜한 걱정을 했을 것이라 생각하며, 주먹을 움켜쥐고 달려 나가기 시작했다.

까짓, 놈은 한 명이다!

*　　　*　　　*

"선택지를 주지. 남은 부하들이 있는 아지트까지 안내하고 목숨을 부지할지, 아니면 더 험한 꼴을 볼지."

"끄그그극……."

퍼억! 퍼어억! 퍼억!

"으컥! 웨에에에엑!"

후두두두두둑. 후두둑.

정확히 오 분.

스무 명에 달하는 깡패들이 정리되는데 걸린 시간이었다.

그 시간의 절반은 겁을 집어먹고 도망치려는 놈을 끝까지 추격해서 처리하는 데 걸린 시간이었다.

강구성이 자신의 결정을 후회하고 되돌리려 했을 때는 이미 자신이 넝마가 될 때까지 현성에게 얻어맞은 후였다.

아무 생각도 나지 않았다.

정말 죽을지도 모른다는 생각을 하니 두려움이 앞섰다.

지금까지 수십, 수백 명과 주먹을 섞어보았지만, 이렇게 일방적으로 당한 것은 처음이었다.

저 검은 복면의 사내에게 자신은 단 한 번의 주먹도 명중시키질 못했다.

일방적인 구타(毆打).

이 말이 완벽하게 어울릴 정도였다.

"안내… 하겠습니다."

두목으로서의 체면보다 살고 싶은 마음이 앞섰다.

협조하지 않을 경우, 그 다음에 날아올 후폭풍을 감당할 자신이 없었다.

그날 밤.

사흘 전 부푼 꿈을 안고 서울로 상경한 천년파의 조직원 40명과 두목 강구성은 검은 복면의 사내 한 명에게 일망타진 당했다.

완벽한 패배.

다시 일어서서 싸워보겠다는 의지조차도 상실하게 만든 일방적인 패배였다.

이후 경찰의 출동으로 체포 된 천년파 조직원들은 검은 복면인의 이야기를 하며, 그에게 일방적인 구타를 당했다고 주장했다.

하지만 씨알도 안 먹힐 헛소리로 치부한 경찰은 당연히 그들의 말에 귀를 기울여주지 않았다.

도리어 다수의 상점들을 상대로 협박, 갈취 행위를 한 것이 들통 나 유치장 신세를 지게 되었을 뿐이었다.

\*　　　\*　　　\*

현성의 행보는 계속해서 이어졌다.

자신이 가진 능력을 발휘할 기회는 얼마든지 많았다.

그중에서도 가장 두각을 드러낸 것은 최근 인근에서 나타나던 변태를 유인해 잡은 일, 그리고 자살 소동을 벌이던 한 남자를 구출해낸 일이었다.

변태가 주로 출몰하던 자리.

현성은 적당한 변장을 통해 여성의 모습처럼 치장을 한 뒤, 변태가 나타나기를 기다렸다.

역시나 냄새를 맡고 나타난 변태에게 현성은 신속하게 매혹 마법을 거는 한편, 카피 마법을 이용해 녀석을 완벽하게 유혹했다.

걸려든 것은 순식간이었다.

현성에게 일거에 제압당한 변태는 현성의 신고를 받고 출동한 경찰에게 바로 체포됐다.

피해자들의 제보와 경찰이 확보한 증거가 명백했기 때문에 바로 구속된 것은 두말할 나위도 없었다.

변태는 조사를 받는 내내 현성이 여자로 보였고, 정말로 여자였다며 주장했지만…… 마법의 내막을 당연히 알 리 없는 경찰은 용의자의 헛소리로 치부한 채 귀를 기울여주지 않았다.

설령 귀를 기울였다 하더라도 이해하지 못했을 내용이기도 했다.


자살 소동 역시 마찬가지였다.

건물 옥상에 올라가 난동을 피우던 남자.

전문가들이 나서서 아무리 설득을 해도 소용없었다.

심지어는 옥상 문이 열리기만 해도 뛰어내리려는 시늉을 했고, 그러다 보니 해결되는 것 없이 지지부진이었다.

이 남자에게는 행운이었을 우연.

남자의 자살 소동은 마침 길을 지나가던 현성의 눈에 띄었고, 현성은 만약을 위해 복면을 한 채 옥상 근처까지 올라가는데 성공했다.

블링크.

숏 인비저블.

제압. 그리고 강제적 구출.

상황은 종료됐다.

남자는 자신도 모르는 새에 접근한 현성의 일격에 기절해 버렸고, 눈을 떴을 때는 자신을 걱정 어린 눈빛으로 바라보는 사람들 사이에 보란 듯이 누워 있었다.

*　　*　　*

이쯤 되자 처음에는 '누구'의 선행일까에 초점이 맞춰졌던 관심들이 발전했다.

헛소리로 치부하기엔 일관적인 이야기가 흘러나오고 있었기 때문이다.

그것은 바로 천년파 일망타진, 변태 체포, 자살 소동, 그리고 크고 작은 건달 및 소매치기 체포 과정에서 공통적으로 등장하기 시작한 의문의 인물에 대한 것이었다.

검은 복면의 사내.

모두가 입을 모아 말했다.

검은 복면의 사내에게 당했다, 검은 복면의 사내 때문에 아무런 저항도 할 수 없었다.

도대체 검은 복면의 사내가 누구인가?

그에 대한 답은 어느 누구에게도 얻을 수 없었다.

사람들의 호기심은 점점 깊어져 갔다.

매스컴에서는 검은 복면의 사내를 현대판 다크 히어로라며 치켜세웠다.

영화에서나 있을 법한 영웅적인 일을 현실에서 행하는 사람이 나타났다!

사람들은 환호했다.

특히나 자신의 얼굴이 드러나지 않도록 검은 복면을 했다는 점은 신비주의로서 더 많은 궁금증을 불러일으켰다.

SNS와 각종 온라인 매체를 타고 검은 복면의 사내, 다크 히어로에 대한 소문은 꼬리에 꼬리를 물고 퍼져 나갔다.

현성은 세간의 시선이나 호기심에는 달리 관심을 두지 않았다.

누군가의 인정을 받기 위해, 사람들의 관심을 받기 위해 시작한 일이 아니었다.

스스로가 추구하는 이상을 위해서였다.

세상에 영향력을 행사할 수 있는 지위나 명예, 금전이나 힘을 가진 사람이라면… 응당 그 힘을 옳은 곳에 써야 한다는 것이 현성의 생각이었다.

한편으론 현성의 이런 선행들은 아직 끝나지 않은 부모님의 복수를 향한 칼날이기도 했다.

그 예행연습의 성격도 있음을 부정할 수 없었다.

낮에는 음식점의 사장님.

밤에는 도시 속의 다크 히어로.

현성의 이러한 이중생활은 계속됐다.

그러던 어느 날.

현성의 눈길을 끄는 이슈가 뉴스를 통해 보도됐다.

지나칠 수 없는 내용.

그것은 바로 연쇄살인마의 등장이었다.

3장
연쇄살인범의 정체

"도대체 이게 몇 번째래! 이거 무서워서 어떻게 밖을 다니겠어?"

"임자, 멧돼지 아니여?"

"멧돼지가 어떻게 5층 집으로 올라가서 사람을 죽여, 이 사람아! 누가 봐도 사람 짓이지."

"사람이면 미친 거 아니여. 뼈만 빼놓고 살을 발라먹고, 그게 아니면 내장을 다 파먹고 껍질만 남겨서 버리는데…… 그게 사람이 할 짓이여?"

"동물이 할 짓도 아니여."

이른 아침부터 사람들이 술렁이고 있었다.

새벽녘.

일찍 잠에서 깨어나 산책이나 할 생각으로 밖으로 나왔던 노부부는 길가에 흩뿌려져 있는 핏방울들을 보게 되었다.

좋지 않은 예감에 핏방울을 따라 간 노부부는 자연스럽게 한 빌라로 향하게 되었고, 핏자국은 계단을 따라 쭉 5층까지 이어져 있었다.

노부부에게는 쉽게 오를 수 없는 5층의 길이었지만, 그래도 오르고 올랐다.

그리고… 노부부가 두 눈으로 발견한 것은 뼈만 남은 시체 한 구와 내장을 모두 파먹히고 속살과 가죽만 남은 시체 한 구였다.

동네가 발칵 뒤집힌 것은 두 말할 나위도 없었다.

긴급히 출동한 경찰도 현장의 참담한 상황에 인상부터 찌푸렸다.

두 구의 시체는 본래의 모습을 알아볼 수 없을 만큼 훼손되어 있었다.

눈알도 모두 파먹힌 상태였고, 얼굴도 날카로운 손톱에 수십 번을 할퀸 것처럼 찢겨져 있었다.

집 안에는 사방으로 흩뿌려져 나간 피와 살점, 내장 찌꺼기들이 더덕더덕 붙어 있었다.

어지간히 비위가 좋은 사람이 아니면, 바로 헛구역질이 나올 법한 상태였다.

긴급 수사팀이 꾸려졌다.

지금까지 수많은 살인 사건을 목격하고, 또 조사해 왔던 경찰들에게도 이번 일은 매우 특이한 사건이었다.

이때까지만 해도 이 사건은 '조금 특이하면서도 괴상한' 케이스의 살인 사건으로 여겨졌다.

그러나 정확히 1주일 후.

모든 것이 발칵 뒤집혔다.

이 엽기적이고도 험악한 살인 사건은 연쇄살인 사건으로 번져가고 있었던 것이다.


"오빠, 저것 봐봐. 너무 끔찍하지 않아? 아니⋯ 이런 일은 있어서는 안 되는 거잖아? 부산에서 시작해서 이제 올라오고 있다잖아. 이렇게 올라오다 보면⋯⋯."

"너무 걱정하지 마. 경찰들도 움직이고 있겠지."

"그래도 너무 무서워!"

"잠깐만⋯ 좀 더 자세히 보자. 도대체 무슨 일인지."

"응."

현성이 수연의 머리를 쓰다듬었다.

겉보기에는 당당하고 당찬 이미지의 수연이어도, 여자는 여자였다.

전대미문의 연쇄살인 사건.

그 흉악함이 치를 떨 정도의 사건이었다.

수연이 두려워하는 것도 당연한 일이었다.

지금 이 살인마의 행동이나 행적은 사람의 것이라 보기엔 무리
가 있고… 살인보다 오히려 식인이 목적인 것 같은 느낌입니다.
포커스를 전혀 다르게 볼 필요가 있어 보입니다. 이건 마치 굶주
림에 빠져 있는 맹수의 모습을 보는 듯합니다.

경찰이 확보한 용의자의 CCTV에 따르면 항간의 추측과는 달
리 사람의 모습임이 확실하게 보입니다. 머리가 조금 길고, 추레
한 복장을 하고 있는 것을 제외하면 멧돼지나 야생 동물이라 하
기엔 무리가 있습니다. 하지만 현장에서 발견된 지문은 없으며,
체모와 타액의 흔적을 바탕으로 DNA 조사를 했으나 일치하는 표
본이 없는 상황입니다.

전담 수사팀은 용의자의 이동 경로를 예측하여 예상 지점에 전
담 인원을 배치하고 있으나… 용의자의 행방을 쫓기가 힘든 상황
입니다. 그리고 기습적으로 다른 곳에서 살인 사건이 발생되고
있습니다.

"원한 관계도 목적이 아니고, 살인으로 쾌감을 느낀다고 보기
에는 너무 요란하고. 발견된 모든 시신들은 다 훼손 상태가 심하
고……."

"괴물이라도 나타난 걸까, 오빠? 그런 말이 아니고서는 쉽게 설명할 수 없을 것 같아."

수연의 표정만큼이나 현성의 표정도 심각했다.

또한 현성의 관심을 확 끌어당기는 사건이기도 했다.

"일단 자자. 이리 와."

"응. 너무 피곤하다. 내일 아침부터 계속 연강인데… 히잉."

"어서 자. 아무 걱정도 하지 말고. 옆에 내가 있으니까."

"응. 오빠야, 나 뽀뽀해줘."

"오늘은 뽀뽀만 할까?"

"에피타이저만! 메인 디쉬는 내일! 히히히."

쪽—

현성의 달콤한 뽀뽀가 이어지고.

수연은 기다렸다는 듯이 현성의 품에 안겨 잠이 들었다.

요즘은 이렇게 종종 학교 도서관에서 밤샘 공부를 한다는 선의의 거짓말(?)과 함께 수연이 현성의 집으로 오는 일이 잦았다.

이래저래 우풍도 좀 있는 옥탑방이었지만, 수연은 현성과 있는 것만으로도 행복해하는 모습이었다.

현성은 수연의 머리를 천천히 쓰다듬어주며, 다시 TV로 시선을 돌렸다.

소리는 최대한 줄이고, 보도 밑에 나오는 자막을 계속 예의

주시했다.

'저런 행적이 가능한 걸까? 백번 양보해서 사람을 먹는 게 취미라고 하더라도. 하루에 여섯, 일곱이나 되는 사람을 먹을 수는 없어. 정말 수연이 말대로 괴물이 아닌 이상……'

지난 수십 년간, 대한민국 살인마 계보에 한 획을 그어왔던 연쇄살인범들도 지금의 '이놈' 정도는 아니었다.

보통 성폭행과 연결 된 살인 사건으로 피해자의 입을 막고, 자신의 변태적인 성욕을 살인으로 풀어나가는 그런 식이었다.

한편으로는 걱정도 됐다.

놈의 이동 동선이 점점 북으로 향하고 있었기 때문이다.

워낙에 종적을 예측하기 힘든 만큼, 언제 이곳에서 튀어나올지도 모르는 일이었다.

"음……"

절로 주먹에 힘이 들어갔다.

자신의 힘으로 저놈의 기행(奇行)을 끊어내고 싶었다.

하지만 지금으로서는 뚜렷한 방법이 없기도 했다.

북으로 향하고 있다는 것을 제외하고는 동선이 불규칙적일 뿐더러, 살인의 전제조건이 될 만한 단서들이 부족했다.

부녀자만 노리는 것도 아니었고, 그렇다고 어린 아이나 노인을 노리는 것도 아니었다.

시간대도 일정치 않았다.

한밤중에 벌어지는가 하면, 동트기 전의 새벽녘에도 살인이 일어났다.

뿐만 아니라 대낮에도 놈은 대담하게 움직였다.

요란한 살인현장과 달리, 피해 장소 주변에 거주하던 주민들은 아무런 소리도 듣지 못했다 했다.

바로 옆집에 살던 사람도 마찬가지였다.

현성은 차라리 동물의 소행이길 바랐다.

차라리 그렇다면 언젠가 꼬리가 잡힐 녀석의 뒤를 쉽게 쫓아볼 수도 있을 터.

하지만 그렇게 호락호락할 것 같지는 않았다.

*　　　*　　　*

시간은 물 흐르듯 지나갔다.

본격적으로 프랜차이즈 사업 추진에 힘을 싣기 시작한 현성은 며칠 전부터 프랜차이즈 지원 예정자들을 상대로 오리엔테이션을 하고 있었다.

일반적인 다른 회사들처럼 대규모로 사람들을 초청하는 식이 아니라, 지원자를 3~4명 단위로 묶어 소수의 인원에게 집중적으로 사업설명을 했던 것이다.

시간이 오래 걸리는 작업이긴 했어도, 현성은 자신의 방식을 바꾸지 않았다.

처음부터 그랬듯이, 문어발식으로 프랜차이즈 규모만 늘리는 것이 목적이 아니었기 때문이다.

참여인원의 규모를 적게 하다 보니, 확실히 집중도가 높아졌다.

그리고 지원자들의 궁금한 점에 대한 답변이나, 사업적인 대화에 있어서도 수월했다. 무엇보다 지원자들의 반응이 긍정적이었다.

일하는 시간을 쪼개고 쪼갠 뒤, 자투리 일정으로 꾸려 나가다 보니 바쁘게 시간을 보내고 나면 어느새 밤이었다.

현성은 낮에는 매장 관리와 사업 설명회에 집중했다.

그때만큼은 전날 밤 눈과 귀로 담아두었던 사회적인 이슈라던가 사건들에 대한 생각은 잊었다.

하지만 폐점을 하고 밤이 되면, 현성의 모든 포커스는 전날에 집중하던 일로 이어졌다.


"올라왔나, 그사이에."

집으로 돌아오는 길.

현성은 스마트폰을 이용해 기사를 살피고 있었다.

대부분의 포털 사이트에서는 희대의 연쇄살인마라는 타이틀을 달고, 아예 뉴스란 한 쪽을 놈에 대한 기사로 할애하고 있었다.

놈의 동선에 큰 변화가 있었다.

지그재그 형태로 북상하던 놈이 산자락을 타고 순식간에 대전까지 올라온 것이다.

현성이 살고 있는 안양까지는 지척이었다.

산길을 통한 이동.

당연히 피해자들은 등산객들이었다.

참담하다 싶을 정도의 보도가 이어졌다.

경악을 금치 못할 몇 개의 사건 현장 중에서는 등산 동호회 사람들로 보이는 인원 일곱 명이 모두 몰살당한 경우도 있었다.

당연히 시체들의 훼손 상태는 동일했다.

오히려 전보다 더 심각해져서, 이제는 뼈만 남기고 모두 발라 먹힌 수준이었다.

등산용 배낭과 옷 주머니 속에 신분증이 포함된 지갑이 없었다면, 신원 확인에만 한참이 걸렸을 일이었다.

이쯤 되자 흉흉한 괴담이 돌기 시작했다.

예전에 환경오염으로 인한 돌연변이의 탄생이라는 모티브의 영화 '괴물'의 현신이라는 소문도 돌았다.

한쪽에서는 정치계에서 최근 터져 나오기 시작한 스캔들과 뇌물 수수 사건들을 덮기 위해, 정부에서 의도적으로 조작한 살인 사건이란 얘기도 돌았다.

온갖 추측과 가설이 난무했다.

그래도 확실한 사실은 변하지 않았다.

사람이 계속해서 죽어가고 있고, 살인마의 흔적은 점점 서울을 향해 올라오고 있다는 것이었다.

* * *

현성은 계속해서 움직임을 예의주시했다.

마음 같아서는 놈의 뒤를 쫓아서 어떻게든 끝을 보고 싶었다.

어떤 사연을 가진 놈이건, 어떻게 탄생한 놈이건, 왜 살인마가 되었건… 그런 건 아무 상관없었다.

이미 놈의 손에 희생된 사람만 30명을 넘어가고 있었다.

전대미문이라는 말이 무색하지 않을 엄청난 연쇄살인이었다.

불과 몇 시간 전 환한 얼굴로 인사하던 가족을 짐승만도 못한 살인마에게 갈가리 찢겨져, 넝마가 된 시신으로 돌려받아야 하는 유족들의 마음은 오죽하겠는가.

현성은 시간이 흐를수록 기하급수적으로 늘어가는 피해자들의 소식에 분개했다.

현성의 놈의 행보에서 잡아낸 특징이 있다면, 이유는 모르겠지만 언론이나 기타 보도 매체에 대해 무관심하다는 점이었다.

이제는 거의 답안지에 가까울 정도로 살인마의 수도권 입성을 예상하고 있었다.

경로가 점점 예상 범주에 맞게 바뀌고 있었기 때문이다.

전문가들이 총동원 된 가운데 추적이 이어졌고, 다음 피해지로 예상됐던 평택에서 실제로 놈에 의한 살인 사건이 발생했다.

만약 이동하는 와중, 혹은 쉬는 와중에 뉴스나 신문 또는 스마트폰을 이용해 인터넷을 접속할 수 있었다면 뻔한 경로를 선택하진 않았을 터다.

이놈이 정말 살인을 쾌락적으로 즐기는 살인마라면, 굳이 들킬 만한 코스로 이동할 이유가 없었다.

그저 본능에 따라 움직이고 있다.

그리고 그 방향은 점점 북으로 고정되고 있다.

현성이 내린 결론이었다.


"날씨 한번 참……."

아침부터 내리기 시작한 비는 하루 종일 추적추적 내리고 있었다.

구름이 잔뜩 낀 하루였던 탓에 기분도 착 가라앉는 것이 썩 유쾌하진 않았다.

"스승님?"

현성이 자르만과 일리시아를 불렀다.

곰곰이 생각해 보니 벌써 사흘 째였다.

현성의 일상을 묵묵히 지켜보며, 이따금씩 말을 걸곤 했던 스승들.

현성에겐 현성의 일과가 있고, 스승에게는 스승의 일과가 있게 마련이지만.

그래도 하루에 한 번은 꼭 대화를 나누었던 현성과 일리시아, 그리고 자르만이었다.

헌데 사흘 째였다.

현성이 먼저 말을 걸어도 묵묵부답.

당연히 두 사람이 먼저 말을 걸어오는 경우도 없었다.

서로 다른 세계에 살고 있는 만큼, 그럴 수도 있겠구나 싶었지만 이상한 일이었다.

현성은 광교산 쪽에 위치해 있었다.

전문가들은 다음 예상 목적지로 동탄, 오산, 수원으로 이어지는 이른바 1호선 라인을 꼽았다.

이쪽이 비교적 수원을 포함한 수도권에서 인적이 많지 않고, 여전히 발전 상태가 타 도시에 비해 더디며, 몸을 은신할 만한 곳이 많기 때문이었다.

현성의 생각도 비슷했다.

그리고 직감적으로 선택한 곳이 바로 광교산 일대였다.

이쪽도 영동고속도로가 산언저리를 따라 위치해 있는 것을 빼면 사람보다는 차들이 주로 다니는 곳이었다.

다시 말해서 어두운 밤이 되거나 오늘 같이 비가 내리는 날

이면, 충분히 시야에서 보이지 않게 은밀히 이동할 수 있는
길목이기도 했다.

평택에서 피해 사례가 접수된 이후로 용의자의 행적은 끊긴 상
태이며… 경찰은 경계 검문을 강화, 지금까지 파악된 용의자의
외모와 비슷한 인물이 나타날 가능성에 대해 수사력을 집중하고
있습니다.

현성은 산자락을 따라 걸으며 주변을 살피는 한편, 한쪽 귀
에 꽂은 이어폰으로 라디오 뉴스를 들었다.
일이 벌어질 때를 대비해 지갑이나 스마트폰 같은 귀중품
들은 들고 오지 않았다.
혹여나 전투가 벌어지게 된다면, 괜한 방해요소만 될 뿐이
었다.
시야 확보에 방해가 될까 싶어 우산도 쓰지 않았다.
대신 우비를 두 겹으로 겹쳐 입고, 묵묵히 산길을 따라 걷
고 또 걸었다.
기약 없는 기다림이긴 했지만, 충분히 가능성 높은 기다림
이기도 했다.
현성은 맞부딪혀보고 싶었다.
도대체 어떤 놈일까.
어떤 놈이길래 수많은 인명들을 학살하고, 그 시체를 파헤

처 먹어가면서까지 기행을 일삼는 것일까.

왜? 무엇을 위해?

현성은 놈에게서 직접 답을 듣고 싶었다.

그리고… 당연히 그 죗값의 대가를 치르게 할 생각이었다.


쏴아아아.

빗줄기는 더 굵어졌다.

시간을 보니 어느덧 저녁 일곱 시를 가리키고 있었다.

이미 산자락에는 어둠이 짙게 깔렸고, 어느샌가 점등된 가로등 불빛이 희미하게 이쪽을 비춰주고 있었다.

현성은 기다림을 끝내고 다시 돌아갈까 생각해 보기도 했다.

지금이면 매장이 가장 바쁠 시간.

얼마 전, 구인을 통해 직원을 더 늘리긴 했지만, 그래도 자신이 있으면 일적인 부담이 조금은 줄어들지 않을까 싶기도 했다.

왠지 나타날 것 같은 느낌.

그 느낌이 가시질 않았다.

그래서 계속 기다리고 있었다.

스스스스슥!

"……!"

바로 그때.

현성의 귓가를 강하게 스치는 일렁임이 있었다.

머지않은 곳에서 느껴진 기척.

기척을 느끼자마자 바로 현성의 몸이 반응했을 만큼 강한 살기가 담긴 움직임이었다.

마나의 움직임도 불안정해졌다.

분명 누군가가 나타난 것이다.

*　　　*　　　*

"크르르르르……."

깊은 배고픔이 밀려온다.

지금 당장에라도 입 안 가득히 살과 뼈를 털어 넣고, 우적우적 씹고 싶었다.

산짐승의 고기는 맛이 없다.

양도 터무니없이 부족할 뿐더러, 인육에서만 느낄 수 있는 특유의 육즙과 향을 느낄 수 없었다.

무언가 잘못됐다.

아무리 생각해도 인간 사냥은 이렇게 어려운 일이 아니었 었다.

불과 얼마 전까지만 해도, 야음(夜陰)을 틈타 사람을 죽이고 고기를 취하는 일은 어렵지 않았다.

아무도 자신을 신경 쓰지 않았다.

하지만 이제는 아니었다.

점점 보는 눈이 많아진다.

가는 곳마다 마치 자신을 기다리고 있는 것처럼, 목숨을 옥죄어오고 있는 것이다.

"콰욱!"

신경질이 났다.

그 어떤 욕구보다도 강한 식욕을 억제 당하니 이성을 통제하기가 더욱 힘들었다.

당장에라도 무언가를 잡아다 입에 넣고 싶은 마음뿐이었다.

하지만 자신은 바보가 아니었다.

미친 듯이 날뛰다가 죽게 된다면, 더 이상 맛있는 인육도 못 먹게 되는 것이다.

그건 죽는 것보다도 더 싫었다.

"크음?"

그때.

코끝을 스치는 강한 향기가 있었다.

사람이다!

예민한 후각을 따라 파고들어온 짙은 사람의 향기는 그리 머지않은 곳에 있었다.

비가 계속해서 쏟아진 탓에 가까이 접근하기까지 냄새를 제 때 맡지 못한 것 같았다.

아무래도 상관없었다.

어떤 정신 나간 놈이 비가 오는 이 와중에 산을 오를 생각을 했는지는 모르겠지만, 그놈의 운명도 여기까지인 듯싶었다.

"흐흐흐."

절로 웃음이 났다.

벌써부터 군침이 고이고 있었다.

맛있겠다, 맛있겠다, 맛있겠다.

온통 머릿속에는 그 생각뿐이었다.

쏴아아아—

빗줄기는 더 굵어졌다.

그리고… 빗줄기 사이로 사람이 보였다.

"……."

숨을 죽였다.

여기서 괜히 힘을 빼고 싶은 생각은 없었다.

상대도 자신을 눈치채지 못한 것 같다.

은밀히 기척을 숨기고 접근한 뒤, 단숨에 기습하여 목숨을 끊어버리는 것이다.

지금까지 늘 그래왔던 것처럼.

하지만… 그런 생각은 오래가지 못했다.

＊　　　＊　　　＊

"네놈이구나."

"……."

일찌감치 기척을 느끼고 있던 현성은 숨을 죽이고 천천히 다가오고 있는 놈을 보며 말했다.

굵은 빗줄기에 가려져 자세히 볼 수는 없었지만, 현성이 가장 먼저 느낀 것은 놀라움이었다.

사람… 이라고 하기에는 상체가 부자연스러울 정도로 컸다.

보통의 사람이 갖는 상, 하체의 비율과는 두 배 이상은 차이가 나 보였다.

뿐만 아니라 아무것도 입지 않은 상태로 드러난 상체에는 사람의 체모라고 하기엔 많은 털들이 나 있었다.

아래에 입은 바지도 앞뒤가 바뀌어 있는 우스꽝스러운 복장이었다.

놈의 눈동자는 빨갛게 빛났다.

어깨부터 손가락 끝까지 이어지는 굵은 핏줄은 언제라도 터질 것처럼 불끈거렸다.

그리고 손가락 끝에는 칼날처럼 날카롭게 솟은 손톱 열 개가 예기(銳氣)를 머금고 있었다.

뉴스에서 연일 보도되던 CCTV 속 모습과는 조금 달라 보이기도 했다.

그때는 상하체 비율이 멀쩡한 일반 사람 같은 모습이었기 때문이다.

하지만 이 시간, 장대비가 내리는 이때.

뜬금없이 산에 올라 있다는 것 자체로도 이미 서로가 서로를 이상하게 느끼기엔 충분했다.

"네놈이겠지? 사람들을 죽이고 다니는 연쇄살인마의 정체가."

"……."

놈은 아무런 대답도 하지 않았다.

이미 정체가 탄로 났다고 생각했는지, 나무와 수풀 사이로 모습을 숨기려고 하지도 않았다.

"이유가 뭐지?"

"……."

냉랭한 자신의 물음에 겁을 먹은 걸까.

아니면 말을 할 줄 모르거나, 혹은 하고 싶지 않은 걸까.

놈은 입을 꾹 다문 채 자신을 바라보고 있었다.

"크흐흐……."

그리고는 서서히 굽어 있던 몸을 일으켜 세우기 시작하며, 입을 벌리고 날카로운 이빨을 드러냈다.

"크아아압!"

뚜두둑! 뚜둑!

그리고 놈이 신음이 뒤섞인 괴성을 내지르며 단번에 몸을 세웠다.

그러자 마치 영화 속에서 나올 법한 장면처럼 부풀어 있던 놈의 몸이 점점 줄어들고, 이내 사람의 모습과 비슷한 형태로 돌아왔다.

영화 헐크 속 주인공과 같은 일이 순식간에 벌어진 일이었다.

'도대체 어떻게 된 거지. 저건 사람으로서 보여줄 수 있는 모습도 아니고, 짐승의 모습도 아냐. 대부분의 사람들이 헛소리라고 치부했던 돌연변이라는 말이 사실인가? 아냐, 그런 일은 있을 수 없어.'

현성의 표정이 굳었다.

세간을 떠들썩하게 만든 연쇄살인마.

현성은 적어도 이 살인마는 사람일 것이라 생각했다. 아니, 그건 너무 당연한 생각이었다.

기이한 행동 방식이나 현장의 상황들은 사람의 것이라 보기엔 참혹함의 정도가 심했지만, 그래도 사람이 벌일 만한 범주의 일이라 생각했다.

하지만 직접 보니 아니었다.

사람들이 자신의 마법을 보면 쉬이 믿을 수 없겠다고 생각하듯, 현성 역시 놈이 자신의 앞에서 보인 변화를 보면 그 어느 누구도 믿기 어렵겠다고 생각했다.

생각은 거기까지였다.

"크와우우우우!"

놈의 입에서 괴성이 터져 나왔다.

현성이 생각에 잠긴 사이, 고요함의 빈틈을 노린 선공이었다.

*　　　*　　　*

"헤이스… 으윽! 크으으윽!"

휘이이이이!

뻐억!

"커헉!"

상황은 순식간에 벌어졌다.

놈이 출발하는 것을 본 순간, 반 박자 늦긴 했어도 바로 헤이스트 마법을 전개하며 빠르게 거리를 유지하려 했던 현성이었다.

하나 놈의 반응이 더 빨랐다.

눈 깜짝할 사이에 거리를 좁힌 놈은 그대로 현성의 몸을 들이받았다.

그러자 현성의 몸이 포물선을 그리며 날아가, 뒤에 있던 나무에 맞고 떨어졌다.

"크아아아아!"

"블링크!"

파앗—!

움직임은 현성이 예상한 것, 그 이상이었다.

현성을 충돌로 밀쳐내자마자, 그 속도를 줄이지 않고 도리어 더욱 가속했다.

그리고 현성이 제대로 몸을 일으키기도 전에 바로 그 자리를 덮쳐온 것이다.

블링크를 바로 시전하지 않았으면, 체중이 실린 공격에 바닥에 깔아뭉개졌을 위력적인 공격이었다.

"크음?"

현성이 눈앞에서 사라짐과 동시에 뒤에서 나타나자, 당황한 듯 놈은 고개를 갸웃거렸다.

보통 이쯤이면 대부분의 상황이 끝나있게 마련이었다.

기절을 했건, 목숨을 잃었건, 혹은 도망칠 수 없게 제압을 당했건 말이다.

쇄애애애애애애액!

뻐억! 뻐어억! 뻐억!

"크큭! 크큭! 커컥!"

잠시 머뭇거리는 찰나.

현성이 연이어 시전한 매직 미사일이 그대로 놈의 등판을 후려쳤다.

상당한 고통이었다.

"안 끝났다! 하아아앗!"

파앗―!

현성이 일갈하며 재차 블링크를 시전했다.

놈을 상대로 한 블링크는 회피용임과 동시에 접근용이기도 했다.

헤이스트가 지속적인 기동성을 확보한다면, 블링크는 의외성을 포함한 기동성이었다.

"……!"

거리가 있던 현성의 위치가 일거에 코앞까지 좁혀지자, 당황한 놈이 오른팔을 들어 현성의 얼굴을 후려치려 했다.

시잉―!

날카로운 손톱 끝이 빗줄기 사이로 빛났다.

하지만 움직임은 현성이 더 빨랐다.

"라이트닝 볼트!"

"끄게에에에엑!"

현성의 라이트닝 볼트가 놈의 오른팔에 그대로 명중했다.

난생 처음 느껴보는 충격!

팔 끝을 타고 전신으로 퍼져나가는 전류의 고통은 엄청났다.

"우웩! 웨에에에엑!"

어찌할 틈도 없이 밀려오는 토악질에 놈이 시뻘건 핏덩이들을 바닥에 토해냈다.

그때마다 형체를 알 수 없는 덩어리들이 툭툭 하고 떨어져 내렸다.

갈수록 기괴한 광경의 연속이었다.

현성은 놈에게 약간의 틈이라도 주지 않는 것이 빠르겠다고 판단했다.

몰아칠 때 확실하게 몰아쳐야 했다.

지금 놈은 자신의 공격 방식 자체에 크게 당황하고 있는 것 같았다.

아마도 그동안 저런 움직임으로 충분히 사람들을 죽이는 데 문제가 없었기 때문일 터다.

하지만 움직임 자체는 매우 본능적이고 빨랐다.

다시 말해서 현성의 행동반경이나 움직임에 적응하기 시작하면, 그때부터는 위험해질 가능성이 높았던 것이다.

지이잉!

현성이 바로 마나 건틀렛을 형성시켰다.

전류의 충격과 그 후폭풍으로 정신을 못 차릴 때, 더욱 강력한 일격을 퍼붓기 위해서였다.

빠악!

"케헥!"

현성이 그대로 가슴팍을 발로 걷어찼다.

그러자 핏덩이를 토해내던 놈이 힘없이 뒤로 굴러 떨어졌다.

"하압!"

단숨에 몸을 날린 현성은 놈의 위에 올라탔다.

그리고 두 다리를 양쪽으로 벌려 양쪽 팔꿈치를 내리찍었다.

가장 신경 쓰이는 부분은 손톱이었다.

열 개의 단검을 끼우고 있는 것이나 다름없을 정도의 예기였기 때문에 조심해야 했다.

"케켁! 켁!"

뻐억! 퍼억! 뻐억! 퍼억! 뻐억! 퍼억!

놈이 피를 토해내는 동안, 현성은 계속해서 얼굴을 찍어내렸다.

인정이나 망설임 따위는 없었다.

놈은 살인마다.

그것도 아주 지독한.

"왜? 왜 사람들을 그렇게 죽이는 거지? 말을 할 줄 모르나? 왜 대답을 하지 않아?"

"크억! 켁! 크컥! 크커커커컥!"

현성의 주먹이 내리칠 때마다 놈은 고통에 찬 신음을 터뜨렸다.

그 사이를 두고 현성은 놈이 어떻게든 말을 하지 않을까 생각했지만, 놈은 마치 사람이 아닌 동물처럼 신음 소리만 토해냈다.

"왜 사람들을 죽였냔 말이다. 왜?"

현성은 대답을 듣고 싶었다.

살인의 이유에 대해서.

물론 용서해줄 생각은 없었다.

놈에게는 그에 걸맞는 최후를 안겨줄 생각이었다.

"크아아아아아!"

터억!

"이런!"

하지만 상황이 반전됐다.

괴성과 함께 놈이 괴력적인 힘을 내며, 순식간에 자신의 몸을 들어 올린 것이다.

체중을 잔뜩 내리 싣고 있었던 만큼 무게중심이 매우 낮은 상태에서 몸을 일으키리란 예측은 못했던 현성이었다.

마치 부풀어 오른 풍선처럼 순식간에 강화된 전신의 근육.

놈은 일거에 몸을 일으킨 뒤, 그대로 현성의 발목을 잡았다.

"카아아!"

"윽!"

상하좌우를 구분할 새도 없었다.

놈은 공을 던지듯, 현성을 하늘 높이 날려 버렸다.

붕 떠오른 자신의 몸.

현성은 재빨리 몸을 뒤집어 아래를 살폈다.

떨어지기 전, 블링크 마법을 시전하거나 마나 건틀릿을 다시 만들어내 충격을 최소화할 생각이었다.

하지만 그 생각보다 더 빨리 놈이 반응했다.

현성이 날아오른 높이까지 단숨에 뛰어오른 것이다.

"크아아!"

처억!

"젠장!"

"크르르르르!"

공중에서 다시 한 번 발목이 잡힌 현성은 순간 날카롭게 드러난 놈의 이빨에 당황했다.

이 상태로 날카로운 이빨에 발목을 물렸다가는 그대로 한쪽 발목을 잃게 될 판이었다.

현성은 빠르게 판단했다.

고육지책(苦肉之策)이 필요해 보였다.

쉬이이익!

현성이 만들어낸 것은 윈드 스피어였다.

이렇게 가까운 거리에서 시전하는 것은 현성에게도 그대로 후폭풍이 올 수밖에 없는 상황.

현성은 빠르게 판단했다.

이대로 다리를 잃으면 그것대로 끝장이었다.

"타앗!"

퍼어어어엉!

"케헥!"

"크윽!"

현성이 날린 윈드 스피어의 매서운 일격이 그대로 놈의 얼굴에 명중했다.

평범한 사람 같았으면 목이 꺾여도 진즉에 꺾여 죽었을 일격.

하지만 놈은 죽지 않았다.

부우웅!

윈드 스피어가 만들어낸 충격파로 인해 현성과 놈의 몸이 각각 반대편으로 포물선을 그리며 날아갔다.

현성이 재빨리 마나 건틀렛을 만들어내 얼굴과 몸 언저리를 막아내지 못했다면, 정신을 잃고 추락했을지도 모를 엄청난 충격파였다.

처억!

방향을 잃고 날아가던 현성은 손을 뻗어 나뭇가지를 잡았다.

그리고 허리의 힘을 이용해 몸을 회전시키며, 굵은 나뭇가지 위에 바로 자리를 잡았다.

임기응변이지만 완벽한 안착이었다.

이대로 계속 날아갔다면, 그대로 지면에 곤두박질 쳤을 만큼 위험했던 상황이었다.

"쿠억!"

반면 놈의 상황은 그리 좋지 못했다.

현성의 일격에 죽지는 않았지만, 충격파가 상당했던 탓에 그대로 지면에 낙하한 것이다.

얼굴부터 바닥에 내리꽂힌 놈은 한참을 고개를 처박은 채로 쏟아지는 장대비를 두들겨 맞았다.

현성은 이미 놈이 사람이란 생각을 버린 상태였다.

애초에 인체의 능력을 초월한 강한 힘과 몸을 가지고 있었다.

도대체 왜, 어떻게, 무엇 때문에 이런 괴물이 되었는지는 알 수 없었다.

하지만 확실한 것은 마법사인 현성이 2014년의 현실에 어울리지 않는 것처럼, 이놈 역시 시대에 맞지 않는 탈을 쓰고 있다는 것이었다.

화르륵!

현성은 바로 파이어 볼을 캐스팅했다.

지금까지 오랜 기간을 연습해왔지만, 실전에서는 써볼 수 없었던 마법이었다.

퍼억!

화르르륵!

"크으으!"

빗줄기를 가르며 날아간 파이어볼 구체가 그대로 놈의 몸통에 명중했다.

장대비가 쏟아지는 와중이었지만, 파이어 볼의 불길은 사그라들지 않았던 것이다.

마나의 힘으로 유지되는 불길이기 때문에 마나의 힘이 사라지기 전까지는 빗줄기의 영향을 받지 않는 듯싶었다.

후웅! 후웅!

현성이 연이어 매직 미사일을 시전했다.

그리고 다시 한 번 놈을 향해 달려들었다.

손발을 부러뜨리든, 아예 일어날 수 없도록 짓밟아놓든.

끝을 봐야 했다.

뻐억! 뻐억!

날아간 매직 미사일의 시원한 격타음이 들렸다.

현성은 다시 놈의 위로 올라탔다.

그리고 주먹 한 번, 한 번에 분노를 가득 실어 내리찍었다.

픽! 픽! 픽! 픽!

"크엑! 크억! 크엑!"

현성의 주먹이 사정없이 내리칠 때마다 놈이 신음을 터뜨렸다.

불룩! 불룩!

이번에도 방금 전처럼, 몸이 들썩이기 시작했다.

점점 굵어지는 팔뚝.

"그렇겐 안 되지!"

빠아아악!

"크오!"

현성이 전력을 다해 놈의 어깨를 내리치자, 굵어져 가던 팔뚝이 바람 빠진 풍선처럼 쪼그라들었다.

현성의 일격에 어깨뼈가 으스러진 것이다.

마나 건틀렛을 이용해 강화한 주먹.

하지만 전력을 다해 내리친 탓인지 손가락 사이사이에서 극심한 통증이 느껴졌다.

현성은 입술을 꽉 깨물고 고통을 씹어 삼켰다.

하지만 놈도 맞고만 있지는 않았다.

퍼억! 퍼억!

"윽! 으윽!"

상체는 현성에게 완벽하게 제압당한 상태였지만, 하체는 아니었다.

놈은 계속 무릎을 들어 올려, 현성의 등과 허리 쪽을 계속해서 가격했다.

처음에는 견뎌낼 수 있을 정도의 강도였지만, 점점 탄력이 붙자 상당한 고통으로 다가오기 시작했다.

"크아아아아압!"

그때.

놈이 괴성을 내지르며 일순간에 다시 엄청난 힘을 쏟아내기 시작했다.

와득! 찌이이이익!

"……!"

현성에 의해 부러진 어깨, 그 팔이 걸리적거렸던 것일까?

놈은 아예 자신의 왼팔을 으스러뜨린 뒤, 아무렇지 않게 자신의 팔을 뜯어내 버렸다.

순식간에 벌어진 기괴한 행각이었다.

부우우웅!

퍼억!

"윽!"

그사이 틈새를 노리고 날아든 놈의 주먹이 현성의 복부에 그대로 명중했다.

철퍽! 철퍼덕!

신음을 내지를 새도 없이 날아간 현성의 몸이 진흙탕에 파묻혔다.

당장에라도 토악질이 나올 것 같은 메슥거림이 치밀어 올랐지만, 현성은 반사적으로 몸을 튕겨내며 일으켜 세웠다.

일전의 공격에서도 이런 식으로 놈이 공격을 이어갔기 때문이다.

하지만 의외의 상황이 벌어졌다.

철퍽! 철퍽! 철퍽!

놈이 도망가고 있었다.

현성이 자신보다 힘과 머리싸움 모두에서 우위에 있다는 것을 직감한 선택이었다.

방향이 좋지 않았다.

현성은 산자락이 아닌 산 아래, 그러니까 도로 쪽으로 향하는 것을 확인했다.

이대로 놈이 가게 두면, 어디서 어떤 일이 벌어질지 알 수 없었다.

하다못해 고속도로라도 뛰어들면 연쇄적인 교통사고가 날 가능성도 배제할 수 없었다.

"헤이스트!"

현성이 바로 헤이스트를 전개했다.

쉬이이이이이!

바람을 가르는 소리.

동시에 내리치는 빗발이 연속적으로 현성의 얼굴을 스쳤다.

따가울 정도로 엄청난 장대비였다.

세상을 모두 뒤엎은 빗소리는 자신과 놈의 혈투에서 흘러나오는 소리를 완벽하게 차단해 주고 있었다.

"하악, 하악."

놈은 빗줄기 사이로 뜨거운 숨을 토해내고 있었다.

단숨에 거리를 좁힌 현성은 헤이스트로 가속된 힘을 그대로 실어 주먹으로 놈의 뒤통수를 그대로 후려쳤다.

뻐억!

"케헥!"

놈의 몸이 앞으로 고꾸라지며, 그대로 얼굴부터 지면에 처박혔다.

현성은 바로 자세를 잡았다.

쉬이이이! 뻐억! 쉬이이이! 뻐억!

슈욱! 팍! 슈욱! 팍!

그리고 쉴 새 없이 놈을 향해 마법 공세를 퍼부었다.

파이어 볼.

라이트닝 볼트.

매직 미사일.

윈드 스피어.

머릿속으로 떠오르는 순서대로 계속해서 마법을 쏟아부었다.

전의를 상실했기 때문일까?

아니면 현성과의 전투에서 과도하게 체력을 소모한 탓일까?

놈에게선 미동조차 없었다.

계속 마법으로 인한 충격파가 전해질 때마다 얼굴과 몸이 진흙탕 속으로 푹푹 박혀 들어갔다.

그렇게 무아지경에 빠진 듯이 공격을 퍼붓기를 몇 분.

쥐 죽은 듯이 조용해진 놈은 일어날 생각조차 하지 않았다.

현성은 천천히 다가갔다.

그리고 혈투에 뒤섞인 빗줄기로 제대로 보지 못했던 놈의 얼굴을 보기 위해… 조심스럽게 엎어진 놈의 몸을 옆에서 발로 굴려 찼다.

투욱—

축 늘어진 몸.

이미 넝마가 될 대로 되어버린 놈의 얼굴은 진흙 반 핏덩이 반이었다.

아무리 봐도 사람의 모습이었다.

이따금씩 괴력을 쏟아내며 다른 모습으로 변하긴 했지만, 인체 구조 그대로였다.

정신을 잃었기 때문일까?

독기가 빠진 얼굴은 오히려 잠을 자는 사람처럼 편안해 보이까지 했다.

"…도대체 왜?"

현성은 대답 없는 질문을 놈에게 던졌다.

그리고 다시 한 번 기척을 살피기 위해 몸을 살짝 숙이는 순간!

"우아아아아!"

푸욱! 푸우욱!

"크아아악!"

찰나의 순간이었다.

놈은 우악스런 괴성과 함께 갑자기 눈을 떴다.

핏발이 잔뜩 선 눈.

동시에 날카로운 오른팔의 손톱이 그대로 현성의 옆구리

와 복부를 파고들었다.

"크윽……."

후드드드득.

현성이 몸을 재빨리 뒤로 빼낸 덕분에 손톱이 대책 없이 몸 속까지 파고드는 것은 막을 수 있었다.

하지만 깊숙이 나버린 상처를 따라 피가 쏟아져 내렸다.

"쿠웩! 쿠웩! 퀘에에엑!"

마지막 발악이었던 걸까?

현성에게 일격을 가한 놈은 그대로 다시 누워버렸다.

그리고 연신 신음을 터뜨리며, 그때마다 분수처럼 핏줄기를 허공으로 토해냈다.

검붉은 핏덩이들이 비산(飛散)했다.

"크으으으……."

놈은 제대로 움직여지지도 않는 몸을 억지로 들어 올려, 비틀거리는 현성을 바라보았다.

방금 전까지 핏발이 가득 서 있던 눈은 어느새 바뀌어 있었다.

마치 눈물을 머금은 것처럼 촉촉하게 빛났다.

"왜… 크윽, 왜… 왜 너는 말을 하지 않지?"

현성이 시큰해 오는 옆구리를 움켜쥐며 물었다.

바로 강하게 힐을 시전 한 덕분에 다행히 쏟아져 내리던 피는 점점 줄어들고 있었다.

"크으……."

짐승의 것과 같은 목소리만이 들려온다.

"도대체 왜? 왜 사람들을 죽였지? 누가 널 이렇게 만든 거지? 그게 아니라면 왜 이런 선택을 하게 된 거지? 말해봐!"

쿨럭. 쿨럭. 쿨럭.

놈은 대답 대신 가쁜 숨을 토해내며, 계속 피를 쏟아냈다.

현성은 느낄 수 있었다.

본능적인 직감이었다.

놈은… 마치 이 세계에서는 존재하지 않았던 것 같은 그런 녀석이었다.

이곳이 어떤 곳인지, 그리고 어떻게 살아야 하는지 조차 모르는.

그래서 본능에 따라 움직였고, 그것이 살인으로 이어진 것이다.

"쿠오오오오!"

놈이 허공을 향해 오른손을 힘겹게 뻗으며.

마치 마지막 말을 하려는 듯, 최후의 일갈을 쏟아냈다.

그리고 하염없이 쏟아지는 빗줄기를 손끝으로 움켜쥐며, 마지막으로 두 눈을 부릅떴다.

"……."

쿵!

그것으로 끝이었다.

다시 쓰러져 버린 놈은 더 이상 움직이지 않았다.

가쁜 숨을 몰아쉬기 위해 들썩이던 가슴도 더 이상 움직이지 않았다.

그리고.

화르르르르륵!

"아앗……!"

생기를 잃은 놈의 몸이 스스로 발화했다.

기름을 붓고, 그 위에 불을 붙인 것 같은 강렬한 불길이었다.

짧고 굵게.

불길은 매섭게 타올랐다.

그리고 불길의 매서움이 잠잠해졌을 때.

놈의 몸뚱이는 한줌의 재로 비바람과 진흙에 뒤섞여 사라진 후였다.

\*        \*        \*

깜빡. 깜빡.

"오빠, 정신이 들어?"

"……."

"오빠? 일어난 거야? 괜찮아?"

"…괜찮아. 내 집인 건가?"

"오빠, 도대체 무슨 일이야? 무슨 일인데 배에 묻은 피 하며… 왜 집에 그렇게 쓰러져 잠들어 있었던 거야? 그리고 왜 병원에 가선 안 된다고 그렇게 말하고! 얼마나 걱정했는줄 알아? 흑…….."

어디서부터 기억이 끊겼는지.

혈투 이후로 어떻게 집에 오고, 어떻게 잠이 들었는지 아무것도 생각나지 않았다.

눈을 떠보니 집 안이었다.

그리고 수연이 옆에서 걱정 어린 눈빛으로 계속 자신을 쓰다듬고 있었다.

눈에서는 언제든 왈칵 쏟아낼 것처럼, 눈물이 그렁그렁하게 고여 있었다.

"아무 일도 아냐."

"뭐가 아무 일도 아니야? 도대체 무슨 일이야? 누구한테 맞기라도 한 거야?"

"아니야. 괜찮아. 괜찮아, 수연아. 걱정하지 마. 아무 일도 아니야."

"어떻게 이게 아무 일도 아니야! 혹시 말해선 안 되는 그런 비밀이 있는 거야……?"

"지금은 아무것도 묻지 말아줘."

눈치 빠른 수연은 현성이 무언가 숨기고 싶어 한다는 것을 알아차렸다.

현성은 기억하지 못했지만, 수연은 기억하고 있었다.

병원을 데려가려던 수연의 손길을 뿌리치고, 절대 그래서는 안 된다고 외치던 현성의 모습을.

지금은 수연이 옷을 갈아입히고 닦아준 덕분에 말끔한 옷차림이었지만, 수연이 처음 목격한 현성의 모습은 온통 피칠갑이 된 상의였기 때문이다.

수연은 더 이상 묻지 않았다.

현성이 괜찮다고 하면 괜찮은 것이다.

지금까지 무리해서 거짓말을 하거나, 꾸미는 말을 해온 적이 없는 만큼… 수연은 현성의 말대로 더 이상 묻지 않기로 했다.

"수연아."

"응?"

"혹시 괜찮으면… 죽 한 그릇만 사다줄 수 있을까?"

"이제 좀 정신이 들어? 먹을 생각도 나고?"

"응. 따뜻한 죽 한 그릇 먹고 싶다."

"알았어, 오빠. 내가 사올게."

사랑하는 사람의 부탁이기에 수연은 바로 자리를 박차고 일어났다.

밤새 현성을 간호하느라 한숨도 못잔 그녀였지만, 아무런 불만 없이 밖으로 발걸음을 돌렸다.

터벅— 터벅—

점점 발소리가 멀어져가고.

이내 발소리가 들리지 않을 즈음.

"스승님, 계십니까."

현성이 자르만과 일리시아를 불렀다.

전투 이후, 그리고 집에 오기까지의 기억은 아무것도 나지 않았지만.

며칠인지 알 수 없는 길고 긴 무의식의 시간 속에서, 현성은 놈과 있었던 전투를 몇 번이고 떠올렸다.

그리고 내린 결론이 있었다.

지금의 대화는 그 결론을 스승들로부터 확인하기 위한 물음이었다.

―오냐.

―있단다. 여기 있다.

자르만과 일리시아의 목소리가 동시에 들려왔다.

평소와 달리 깊게 잠긴, 심각한 목소리였다.

"언제부터 제 모습을 보신 겁니까? 왜 그전까지는 아무런 말씀도 없으셨던 겁니까?"

―네 말은 계속 듣고 있었단다. 하지만… 우리의 말을 전해 줄 수가 없었어.

―흐음…….

좀처럼 말하기를 좋아하는 자르만이지만, 대답 대신 깊은 침음성을 터뜨렸다.

일리시아는 대화가 단절되었던 그 이유를 설명해 주었다.

"왜죠? 스승님, 혹시 제가 알아야 할 무엇이 있지 않습니까? 아무리 생각해도… 이건 상식적으로 이해할 수 없는 상황입니다. 아닐 거라고 생각하고 싶지만…….."

─게이트가 일시적으로 열리는 일이 발생했다. 천 년을 넘게 봉인되어 있던 게이트가 갑자기 알 수 없는 힘에 의해 개방된 게지. 그로 인해 네게로 통하는 시공의 고리에 간섭이 생겼고, 쌍방향의 교류가 되지 않았던 것이다.

"게이트라 하시면…….."

─차원의 문이지. 네게는 말해준 적이 없는 이야기이다만…….

자르만은 차분한 목소리로 설명을 이어갔다.

그리고 천 년 전에 있었던 마족과 인간─드래곤 연합의 전쟁에 대한 이야기를 털어놓았다.

그때, 마족이 창궐하게 된 것은 바로 차원의 문인 게이트가 열렸기 때문이었다.

이번에 그런 일이 또다시 일어났다는 것이다.

바로 스승 자르만과 일리시아가 살고 있는 대륙에서.

"그렇다면 제가 싸운 그놈은……?"

─그건 알 수 없구나. 게이트는 잠시 열렸지만, 다시 봉인됐다. 블랙 드래곤이 걸어놓은 봉인 마법은 매우 강력하기 때문에 쉽게 무너지지 않아. 다만 일시적으로 그런 일이 생기는

바람에 교신이 끊겨버린 게지.

"…스승님께서 예전에 농담처럼 하셨던 말 있지 않습니까. 스승님의 이러한 실험, 그리고 도전들이 생각지도 않은 후폭풍을 맞을 수도 있다고 하셨던 말씀이요."

—그럴 일은 없다. 걱정 말거라.

"하지만 이번 일은 걱정을 하지 않을 수 없는 일 아닙니까?"

현성은 또렷하게 기억하고 있었다.

인간의 능력을 뛰어넘은, 그리고 인간으로서 하기 힘든 기행을 일삼았던 '그놈'을.

—다만 마음을 단단히 먹어두는 것이 좋을 것이다. 마족이 나타나기 전까지, 우리가 사는 세계에 마족이라는 개체가 나타날 것이라 예측한 사람은 아무도 없었다. 너 역시 마찬가지가 아니겠느냐? 네가 사는 세계에 사는 모든 것들을 네가 알지 못하듯이 말이다.

자르만의 말은 냉정하다 싶을 정도로 차가웠다.

하지만 말끝에서 묘한 떨림이 느껴졌다.

근심과 걱정이 가득 묻어나는 그런 목소리였다.

—제자야.

"예, 스승님."

—우리에게 시간을 좀 주었으면 좋겠구나. 기다려 줄 수 있겠니?

자르만의 목소리가 사라지고, 일리시아의 목소리가 들려
왔다.

"…예, 괜찮습니다. 저도 더 이상 귀찮게 여쭤보지는 않겠
습니다. 하지만 제가 알아야 할 것이 있다면, 반드시 알려주
십시오. 제가 두 스승님에게 그 어떤 사실도 숨기지 않듯이."

─알았다. 조금만 기다려주렴.

"예."

이런저런 말을 늘어놓는 것 대신, 일리시아는 현성에게 대
화를 다시 이어가기 위한 시간을 부탁했다.

현성은 고개를 끄덕였다.

한편으로는 심상치 않은 느낌에 인상을 찌푸리기도 했
다.

단순한 연쇄살인마의 등장과 기행으로 보기에는, 현성이
두 눈으로 직접 보고 몸으로 느낀 것이 달랐기 때문이다.

이미 생겨난 의혹.

그 의혹에 대한 해답을 얻는 것은 잠시 보류였다.

하지만 현성은 느낄 수 있었다.

분명 무언가가 잘못되고 있었다.


*         *         *


북쪽으로 이동경로를 이어가던 연쇄살인마의 행적이 끊겼습니

다. 경찰은 여전히 수사망을 곤두세운 채, 예상 지점 몇 곳을 선정해 지키고 있지만… 범인의 행방은 오리무중입니다.

매일을 이어져오던 살인 행각이 2주를 넘게 멈춘 가운데, 다양한 추측이 나오고 있습니다. 일부 전문가는 배를 통한 중국 또는 제3국으로의 밀항설을 제기했고, 또 최근 한강 등지에서 발견 된 신원 미상의 시신이 용의자일 가능성도 제기됐습니다. 그 외에 폐공장이나 폐건물 따위에서 사람들의 시선을 피해, 수사가 잠잠해지기를 바라고 있다는 추측도 제기되고 있어…….

놈은 죽고 사라졌지만, 그것을 알 리 없는 매스컴에서는 여전히 놈에 대한 보도를 쏟아내고 있었다.

이미 놈이 죽었다는 사실을 아는 것은 직접 싸웠던 현성뿐이었다.

하지만 이 사실을 곧이곧대로 말해줄 수도, 그리고 말해서 믿을 일도 아니었다.

사람이기보다는 돌연변이에 가까운 괴물이었고.

죽음과 동시에 한 줌의 재로 산화해버렸다는 말을 믿을 사람이 얼마나 있을까?

혹, 있다고 하더라도 대다수의 사람들은 고개를 저을 것이다.

도리어 관련된 이야기를 할수록 자신이 의심을 받을 가능성도 있었다.

원인이 제거되었으니, 목표는 달성한 셈이었다.

하지만 찜찜한 기운을 털어낼 수는 없었다.

현성은 가슴 한 켠에 풀어내지 못한 의혹을 접어둔 채, 두 스승이 충분한 '시간'을 갖고 자신에게 말을 꺼내주길 기다리기로 했다.

아직도 할 일은 태산 같았다.

잠시 접어둘 것은 접어둔 채.

앞으로 보고 나가야 할 길은 또 나가야 하는 것이다.

아직 현성에게는 해결해야 할 일들이 많이 남아 있었다.

특히 과거와 연결된 슬픈 기억…….

아버지의 죽음과 연관된 일들도 있었다.

현성은 잠시 시선을 그쪽으로 돌리기로 했다.

4장
내 아버지의 원수

—그 사람이 누군지 아십니까?

—누구라고 할 수는 없어도 찾는 게 어렵지는 않을 거예요. 이 좁은 땅덩어리 안에서 람보르기니를 타고 다닐 만한 사람이 얼마나 있을까요? 제대로 색까지 본 것은 아니지만 아벤타도르였던 것 같기도 한데요. 게다가 사고가 났으면 수리 기록이 남았을 테고… 걱정 마세요, 보고 들은 그대로 진술할 테니까요.

기억은 생생했다.

사건의 유일한 목격자였던 중년의 남성이 자신에게 남겨 준 마지막 증언이었다.

이후 그 목격자는 괴한의 칼에 찔려 죽었다.

결정적인 단서를 쥔 사람이 죽은 것이다.

불행 중 다행이라면, 그가 죽기 전에 현성이 그와 대화를 나누었었다는 것이었다.

차의 주인을 추적한다는 것이 쉽지는 않았다.

특히나 상하차 작업소와 호프집 일을 매일 같이 번갈아 가며 하는 와중이었으니 더욱 그랬다.

국내에 몇 대 없는 차종이니 쫓는 것이 쉬울 듯 해보여도, 어지간한 고급 정보 인맥이 아니고선 쉬이 얻기 힘든 정보였다.

유명 연예인 정도가 아니고서야, 사방팔방에 내가 이런 차를 몰고 있소— 하고 굳이 알리고 다닐 사람은 없는 것이다.

현성은 서두르지 않았다.

대신 인맥을 이용하기로 했다.

그런 의미에서 현성의 매장 운영, 그리고 단골 관리는 생각을 현실로 옮길 수 있게 했다.

매장을 찾는 사람들의 직업군이 다양했기 때문이다.

그중에 단골이 된 손님들은 자연스레 현성과 친해졌고, 그들 중에는 차에 관심이 많은 손님들도 있었다.

더 나아가 강남이나 성남 일대에서 외제차 딜러를 했거나, 현재 하는 중인 손님도 있었다.

현성은 자연스럽게 그런 손님들과 대화를 나누고, 사적인 술자리도 만들어 대접도 하곤 했다.

단골손님에 대한 영업을 겸한 정보 수집이었다.

공짜 술, 공짜 밥을 싫어하는 사람은 없는 법.

친해지고 가까워지다 보니, 얻게 되는 정보도 제법 쏠쏠해졌다.

그리고 현성은 운을 띄웠다.

국내에서 저런 차종을 구입하고, 운용하고 있는 사람은 누구인지.

그렇게 얻은 정보를 토대로 현성은 추적에 추적을 거듭했다.

홍신소(興信所)등을 이용해 사적인 조사도 했다.

어쨌든 아버지가 돌아가시던 그 시점에 차를 누가 소유하고 있었는지가 중요했다.

그 이후에 차를 구입했거나, 그전에 차를 판매했다면 용의선상에서 당연히 제외되는 것이다.

추리고 추려낸 정보.

오랜 기간 묵묵히 준비하고 알아온 끝에 현성은 단서 하나를 손에 쥘 수 있었다.


화연그룹.

화연전자 전무 신정우.

바로 이 남자였다.

물론 완벽하게 확신하는 정도까지는 아니었다.

그 외에도 국내에 같은 차종을 운전한 사람이 둘이 더 있었기 때문이다.

하지만 한 사람은 소재지가 부산이었고, 부산 토박이인 부잣집 도령이었다. 나머지 한 명은 당시 해외여행을 다녀온 행적이 있었다. 몰래 조사를 해본 결과였다.

유일하게 이 사람, 신정우만이 당시의 행적이 의심스러웠다.

화연그룹 본사와 이에 속해 있는 대부분의 계열사는 서울과 수도권에 위치해 있었다.

현성이 예전에 부모님과 살았던 곳이 영등포 일대였으니 주거 반경도 일치했다.

당시 신정우는 화연전자에 막 입사해 신입사원으로 활동했을 무렵이었다.

겨우 신입사원이 국내에 세 대밖에 안 되는 차를 몰았다?

상식적인 선에서는 이해할 수 없는 일이었다.

하지만 이유가 있었다.

그가 바로 화연전자의 2세대를 책임질 후계자였기 때문이다.

즉, 그의 화연전자 입사는 단순 입사가 아닌 후계 수업을 위한 징검다리이자 첫 발걸음이었던 것이다.

화연전자는 국내 재계를 책임지고 있는 기업들 중에서 다섯 손가락 안에 드는 그룹이었다.

정경유착의 주범이라는 세간의 손가락질을 받고 있었지만, 기업 전체는 승승장구였다.

그만큼 정치계에 전방위적인 로비를 하고 있었고, 그 대가로 많은 이윤을 챙기고 있는 그룹이었다.

화연전자는 거대 기업으로 성장해가고 있는 화연그룹의 핵심과도 같았다.

그런 곳에서 후계 수업을 받고 있는 남자 신정우.

이 사람이라면 충분히 모든 사건과 사고를 재력이라는 힘으로 무마시킬 법했다.

*　　　*　　　*

"지금 상황 그대로 알려주시면 됩니다."

"음… 달리 해줄 말이 없는데. 미안하지만……."

"수사가 진행됐을 것 아닙니까? 그때도 말씀해 주셨지 않습니까. 최선을 다해서 수사해 보겠다고……."

"그러니까 그때 목격자 되는 사람이 죽었잖아. 그 뒤로 플랜카드도 자네가 걸었었고, 우리도 계속 수사를 했지만 만족할 만한 답을 얻지 못했단 말이야."

"목격자 되던 분이 안타까운 일을 당한 건 맞지만, 그래서 제가 들은 얘기를 담은 녹음파일을 전해드렸지 않습니까. 그걸 토대로 수사할 수 있었을 텐데요."

"그게 그렇게 쉽지가 않아. 그리고 혹시나 해서 조사를 해봤지만 당일 모두 알리바이는 충분했어."

"정말입니까?"

"허, 그럼 우리가 한가하게 대충 수사하고 거짓말이나 둘러댈 거라 생각하는 건가?"

"그건 아닙니다. 하지만 이미 몇 년이 지난 지금에도 아무런 진전이 없다는 건 이상하군요."

"아무튼 그렇다니까. 이거 말고는 더 해줄 말이 없어. 뚜렷한 진행이 있으면 언제든 말해주겠네."

"수사는 계속 진행 중인 겁니까?"

"일단 뚜렷한 실마리가 잡히지 않고 있으니까. 집중적인 것은 아니지만, 시간을 쪼개어서는 보고 있네. 그럼 이만 들어가겠네."

"……"

현성이 찾아간 곳은 관할 경찰서였다.

아버지에 관련된 수사를 진행하고 있었기 때문이다.

그때, 사고 당시만 해도 경찰은 빠르게 움직이며 초동 수사에 들어갔었다.

목격자 확보에 나선 것은 물론이고, 현장조사 및 인근의 CCTV 내역을 통한 조사까지⋯ 신속하게 범인을 잡기 위한 움직임을 보였었다.

그때, 현성은 어머니와 아버지를 잃은 슬픔을 나누며, 한편으로는 양심을 버리고 도망간 범인을 곧 잡을 수 있을 것이라 생각하기도 했었다.

그만큼 경찰의 추진력이 좋았고, 대한민국의 모든 멋진 경찰이 그러하듯 현성과 어머니에게 반드시 범인을 잡겠다며 강한 의지를 보였기 때문이다.

하지만 언제부터인가 상황이 묘하게 흘러가기 시작했다.

현성에게 신고를 접수받고 수사에 가장 적극적이었던 형사 몇은 승진 발령조치가 나, 다른 경찰서로 옮겨졌다. 막 수사가 진행되던 차였기 때문에 이상한 인사 조치였다.

그리고 새로이 수사를 맡게 된 형사는 경력이 거의 전무하다시피 한 무능력한 초짜 형사였다. 방금 전 만난 사람이 바로 이 사람이었다.

이후 현성은 몇 번을 경찰서로 직접 찾아가 심도 있는 수사와 피의자의 알리바이가 조작되었을 가능성, 그리고 혐의점을 확인해 줄 것을 요청했지만, 알겠다는 대답과 달리 수사의 진척은 없었다.

어느 정도 전후사정이 예상은 됐다.

현성이 개인적인 경로를 통해 알아낸 정보들에 문제가 없다면, 범인은 신정우일 확률이 높았다.

그래야 이런 상황에 대한 수긍이 쉽게 됐다.

대기업을 물려받을 후계자, 그러니까 재벌 2세인 남자가 사람을 죽인 사고를 일으켰다.

선택지는 두 가지다.

거액의 보상금을 쥐어주고 합의를 하든가, 아니면 흔적조차 사라지게 해버리든가.

자신의 경력에 오점이 남지 않도록 하고 싶었다면, 후자를 선택했을 것이다. 전자도 좋은 해결법이지만, 사람을 죽인 재벌가의 후계자라는 꼬리표를 떼어 낼 수 없을 테니까.

입방아를 찧기 좋아하는 매스컴이 그냥 둘리도 만무했을 것이다.

힘을 썼을 것이다.

목격자를 찾아내 사람을 시켜 죽이는 것이나, 일선의 경찰들을 매수하거나 외압으로 다른 지역에 발령하는 것은 어려운 일이 아니었을 터.

일반인이라면 상상도 못할 일이지만, 어마어마한 돈을 움켜쥐고 있는 큰 손들에게는 쉬운 일이었을 터다.

그리고 지금의 상황이 된 것이다.

현성이 내린 결론은 그랬다.

\*　　　\*　　　\*

"현대판 왕세자라고 해도 다를 게 없을 정도인가?"

일을 마치고 집에 돌아온 현성은 인터넷을 통해 신정우가 정확히 어떤 사람이고, 어떤 행보를 보이고 있는지 차근차근 찾아보기 시작했다.

화연그룹의 사장 신강철의 아들 신정우.

현성이 중얼거린 것처럼, 현대판 왕세자라고 해도 무방할 정도의 호화로운 생활을 하고 있었다.

외국에서 학생 시절을 모두 보낸 학력은 그 일부에 불과했다.

미국을 포함한 북미 일대와 일본, 중국에는 대도시마다 자신의 명의로 된 별장을 하나씩 가지고 있었다. 휴양이 필요하면 자신의 별장을 찾아가 현지에서 쉬는 그런 식이었다.

지금은 아버지 명의로 된 것이긴 했어도 전용기 역시 있었다.

특히나 희소성이 높은 차를 수집하는 것을 좋아했다.

때문에 개인 차고에 보유하고 있는 차종만 해도 스무 대가 넘을 정도였다.

"거의 대통령 전용 경호라고 봐도 무방할 정도인데."

경호 역시 철통같았다.

신정우를 찍은 사진들을 보면, 개인적인 시간을 보낼 때를 제외하고는 항상 열 명에 가까운 경호원들이 주변에 있었다.

차로 이동할 때는 경호 차량이 앞뒤에 붙었다.

그리고 별장에서의 휴양을 즐길 때면 CCTC 외의 사각지대가 될 만한 곳에는 모두 경호원들이 위치했다.

신정우가 사는 곳은 강남에 최근 지어진 A 타워펠리스였다.

2014년에 지어진 타워펠리스답게 출입 절차부터 신기술이었다.

홍채인식, 지문인식 기술이 접목된 이곳은 본인 확인이 되지 않으면 절대 들어갈 수 없었다.

정문 출입, 엘리베이터 탑승, 그리고 집으로 들어가기까지 모두 본인 확인이 필요했다. 혹은 본인의 동의로 이루어진 관계자만이 들어갈 수 있었다.

CCTV는 가능한 모든 구역에 모두 설치됐다.

가시광선과 적외선 모두 탐지가 되는 CCTV는 어떤 눈속임도 불허했다.

그리고 각 집의 현관 출입구에는 특수 센서가 감지되어 있어, 집주인이 ROCK을 걸어놓은 시간대에 누군가가 무단 침입을 할 경우, 자동으로 폐쇄 장치가 가동되도록 설정되어 있었다.

그렇게 되면 누군가가 몰래 현관문을 열고 들어오게 되는 경우, 현관문과 집 안으로 향하는 내문(內門)이 모두 잠기게 되고, 꼼짝달싹 못하게 되는 것이다.

마치 다른 세계의 사람 같았다.

예전에 혈투를 벌였던 '그놈'이 육체적인 의미에서 달랐다면, 신정우는 살아가는 환경이나 사회적인 위치에서 전혀 다른 세계의 사람 같았다.

현성은 잠시 생각에 잠겼다.

이런 상황에서 경찰에 아무리 요청하고 부탁해도 수사가 진전되지는 않을 것이다.

결국 모든 것은 자신의 몫이었다.

그렇다면, 차근차근 단계적으로 신정우의 뒤를 밟아나갈 만한 장치들이 필요했다.

―뭘 그리 골똘히 보고 있는 게냐?

그때, 자르만이 말을 걸어왔다.

현성은 잠시 대답 대신 조용히 스승의 말이 이어지길 기다렸다.

혹시나 지난번 사건에 대한 이야기를 이어가지 않을까 해서였다.

―이놈아!

아직 정리가 안 된 것일까?

자르만이 재차 현성을 불렀다.

현성은 잠시 생각을 좀 더 이어가다가, 자르만의 말에 답했다.

"예, 스승님."

―뭘 그리 보고 있냔 말이다. 매우 심각한 표정을 하고서.

"제… 아버지의 죽음과 관련된 사람에 대한 정보를 찾고 있었습니다."

―음, 내가 도와줄 것이 있더냐?

평소와 달리 깊게 잠긴 현성의 목소리가 내심 마음에 걸렸는지, 자르만이 걱정 어린 표정으로 현성을 바라보았다.

현성은 대답 대신 고개를 끄덕였다.

―무엇이냐?

"정신제어 마법의 종류가 상당하다고 들었습니다. 특히 스승님이 다루는 마법, 그러니까 흑마법이 더 특화가 되어 있지 않습니까?"

―그렇지. 흑마법의 깊이와 저변을 넓혀가려면, 정신제어 마법을 빼놓을 수가 없다.

"제게 그 마법을 알려주십시오. 지금 제가 배울 수 있는 가능한 모든 한도로 말입니다."

―그렇다면… 마인드컨트롤이 좋겠군.

"마인드컨트롤이라 하시면?"

―말 그대로다. 상대의 정신을 조종하여, 원하는 대로 움직이게 하는 게지.

"얼마나 가능하게 할 수 있습니까?"

―초기 단계에서는 15초에서 20초 정도의 제어가 가능하다. 단, 스스로 목숨을 끊게 한다거나, 누군가를 죽이게 한다거나… 이런 강제성이 큰 제어는 불가능하다. 그럴 경우 무의

식에서 거부반응이 일어나, 마법 자체가 풀리게 되지.

"그렇다면 어떤 비밀을 이야기하게 한다거나, 알고 싶은 것을 알아내는 정도는 괜찮습니까?"

─그 정도는 상관없다. 마인드컨트롤 마법은 그 어떤 마법보다도 반복적인 연성이 중요해. 계속해서 연습하고 활용해야만, 상대를 제어할 수 있는 정도가 깊어지게 된다. 나중에는 스스로 목숨을 끊거나 하게 하는 것도 가능해지지. 하나 초기 단계에서는 방금 말한 것 정도만 가능하다.

"괜찮습니다. 충분합니다."

현성의 말대로 그 정도면 충분했다.

현성이 마인드컨트롤 마법을 필요로 한 것은 마지막으로 사실을 확인하기 위한 작업의 일환이었다.

즉, 관할 경찰서의 경찰에게서 정보를 얻고 싶었던 것이다.

과연 외압은 존재했는지.

혹은 외압이 아니었다면, 그들의 입을 다물게 하고 시선을 돌리게 할 만한 충분한 대가가 지급이 된 것인지.

그랬다면 그 주체가 바로 신정우인지, 아니면 다른 사람인지.

그것을 확인하고 싶었던 것이다.

타깃을 확실히 정하기 위해선, 확신하기 위한 마지막 확인이 필요했다.

─바로 배워보겠느냐?

"예, 알려주십시오."

―그럼 시작하자꾸나.

자르만은 군말 없이 바로 현성에게 가르치기 위한 준비에 들어갔다.

지금 제자에게 그 어떤 다른 것보다 이 마법이 중요하다는 것을 느끼고 있었다.

원한다면, 1분 1초라도 빨리 배우게 해주고 싶었다.

녀석에게 힘을 실어주고 싶었던 것이다.

\*      \*      \*

마인드컨트롤 마법을 배우는 것은 생각보다 어렵지 않았다.

연습 과정에서는 현성 자신을 상대로 한 마인드컨트롤을 계속해서 연습했다.

이 마법은 꼭 타인이 아니어도, 본인에게도 시전이 가능했다.

스스로 어떤 거부감이 있어 하기 힘든 행동들.

이를테면 만지기 싫어하는 곤충을 만지거나, 무서운 영화를 보는 것 등등…을 마인드컨트롤을 이용해 하도록 만들 수 있었다.

특이한 점은 마인드컨트롤을 시전하고 지시한 행동을 하

는 것은 매우 자연스럽지만, 정작 행동을 하게 되는 본인(피시전자)은 자신이 행동을 했다는 것조차 인지하지 못한다는 것이다.

현성 역시 마찬가지였다.

현성이 마인드컨트롤로 스스로에게 주문한 것은 노래를 부르게 한다거나, 팔굽혀펴기 100회를 한다거나 그런 것이었다.

다른 분야에는 소질이 있어도, 노래에서만큼은 자신이 없는 현성이었기에 평소에 노래방을 가거나 노래를 흥얼거리는 일은 없었다.

그래서 마인드컨트롤 마법을 이용해 본 것이다.

확인은 스마트폰 카메라의 녹화 기능을 이용했다.

현성 자신이 기억하지 못할 것이기 때문이었다.

마법을 시전하고.

그동안 지시한 행동을 이어가고, 화면에 담고.

그리고 시간이 지난 뒤, 녹화된 영상을 보면 정말 자신이 노래를 부르고 있었다.

물론 기억은 전혀 나지 않았다.

노래를 부른 그 시간 동안의 기억은 완벽하게 사라져 있는 것이다.

사람의 정신을 조종한다.

그리고 원하는 것을 얻어내기 위해, 필요한 정보들을 말하게 한다.

마법적으로 접근하니 매우 쉬워 보이고 간단해 보였지만, 실로 무서운 마법이기도 했다.

현성은 열심히 마법을 배우고 활용하면서도, 한편으로 마인드컨트롤 마법을 악용할 가능성이 있음에 대해 경계했다.

자신이 마음을 나쁘게 먹으면, 얼마든지 나쁘게 이용할 수도 있었다.

정신력이 약한 사람일수록, 그리고 마법의 깊이가 깊어질수록 제어의 강도가 높아지게 된다.

즉, 다시 말해서 길에서 처음 만난 예쁜 여자의 정신을 제어하여, 성관계를 맺는 것 따위도 가능해지는 것이다.

현성은 이틀을 꼬박, 일하는 시간을 제외한 모든 시간을 투자해 마인드컨트롤 마법을 훈련했다.

마나 소모가 큰 마법이기 때문에 더욱 연습이 필요했다.

사람이 사람의 정신을 제어한다는 것이 약간의 마나와 손짓 몇 번으로 되는 것은 아니었기 때문이다.

*     *     *

"전에도 말했잖은가. 더 이상 말해줄 만한 소식이 없어. 우리도 계속해서 수사의 끈을 이어가고 있네. 진전이 보이는 대로 바로 알려줄 테니, 자꾸 이렇게 할 필요가 없어."

"예, 알고 있습니다. 그저 잘 부탁드린다는 말씀을 전해드리고 싶어서… 적당히 마실 것과 함께 가져온 겁니다. 다른 것은 없습니다."

"고맙네. 여러 가지로 안타까운 마음이 많지만, 서두른다고 해서 될 문제는 아니니……."

현성이 따끈따끈한 커피 한 잔을 건네자, 형사는 사양 않고 건넨 커피를 마셨다.

뺑소니 사건과 연관된 일이니만큼, 형사는 짜증을 내면서도 현성에게 꽤나 미안한 눈치였다.

현성의 눈에는 보였다.

이 사람도 완전히 독한 사람은 아니어서, 내심 자신의 행동에 대한 미안함을 가지고 있는 것 같았다.

그런 속마음이나 겉으로 드러나는 모습은 현성에게는 중요한 것이 아니었다.

중요한 것은 '사실'이다.

그의 뒤에 숨어 있는 실체가 필요한 것이다.

꿀꺽— 꿀꺽—

목이 탔기 때문일까?

형사가 벌컥벌컥 커피를 들이켰다.

그러는 사이 현성의 오른손 언저리가 검게 빛났다.

마인드컨트롤이었다.

슈우우우욱—

스멀스멀 현성의 손에서 피어오른 검은 연기는 잠시 허공을 배회하더니, 순식간에 형사의 몸과 머리 언저리로 빠르게 빨려 들어갔다.

워낙에 순식간에 일어난 일이라, 현성도 눈치 채지 못할 정도였다.

"……."

그 순간, 형사의 두 눈이 초점을 잃은 듯이 허공으로 향했다.

멍한 표정.

방금 전까지 짜증 섞인 얼굴로 현성을 보고 있던 형사는 아무것도 없는 허공을 주시한 채, 힘을 쭉 빼고 앉아 있었다.

"더 이상 단서가 나오지 않아, 수사가 종결된 겁니까?"

현성은 바로 질문을 이어갔다.

시간은 한정적이었다.

여유롭게 마법의 효과에 감탄할 시간은 없었다.

"단서가 나오지 않은 게 아니야. 더 이상 수사를 할 수가 없어. 그러지 않기로 했고."

형사는 술술 현성의 말에 대답을 이어나갔다.

지금까지 현성에게 보였던 모습과는 전혀 달랐다.

"왜죠?"

"그렇게 지시가 내려왔으니까. 괜히 높으신 분을 건드렸다가는 내 밥줄이 끊길 판인데. 충분한 돈도 받았고… 승진도

약속을 받았고, 그리 되었으니까."

"의심되는 사람은 누구입니까?"

"누구긴 누구겠나. 화연그룹 회장의 아들이지. 하지만 이미 손을 쓸 만한 사람은 다 쓴 마당에 내가 움직여봤자 무슨 소용이야. 내 밥줄이 끊기는 건 원치 않아."

"…신정우와 연관이 있다, 이 말입니까?"

"그렇지."

스르르륵—

형사의 대답과 동시에 그의 머리 위를 감싸고 있던 검은빛의 기운도 빠져나갔다.

마인드컨트롤이 끝난 것이다.

"잘 마셨네. 수사에 조금이라도 진전이 생기면, 내가 절대 잊지 않고 연락 주도록 하지. 아버님 일에 대해서는 늘 가슴한 켠에 죄송한 마음을 담고 있네. 백방으로 힘을 써보지."

방금 전까지 마인드컨트롤 마법에 의해 진실을 말하던 형사는 어느새 천연덕스럽게 또 거짓을 말하고 있었다.

너무 자연스럽고 태연해서 놀라울 정도였다.

"예, 감사합니다."

이 사람에게 굳이 어떤 행동을 하고 싶진 않았다.

마음만 먹는다면, 그의 잘못된 행동, 비리에 대한 심판을 할 수도 있을 터다.

하지만 그것이 우선순위는 아니었다.

딸깍—

꿀꺽꿀꺽—

형사가 다시 서로 들어가고.

현성은 벤치에 앉아, 방금 갓 뽑아낸 탄산음료를 벌컥벌컥 들이켰다.

역시나 예상대로였다.

이미 어느 정도 확신을 했던 사실이지만, 직접 확인을 하고 나니 마음이 먹먹해져 왔다.

한편으로는 후련했다.

이제 누가 아버지를 죽음에 이르게 했고, 버젓이 진실을 묻은 채 살아가고 있는지 알게 됐기 때문이다.

"신정우……."

현성이 되뇌듯 놈의 이름을 중얼거렸다.

이번만큼은 상대가 만만치 않았다.

대한민국에서 둘째가라면 서러울 거대 그룹 회장의 아들.

세간의 모든 관심을 받고 있고, 철통같은 보안으로 스스로를 지키고 있는 남자.

자신의 차로 사람을 치여 죽이고도, 뻔뻔하게 죗값을 치르지 않고 도리어 돈으로 모든 입을 막아버린 남자.

그게 어떤 이유에서였건.

무엇 때문이건.

현성은 놈을 용서할 수 없었다.

다윗과 골리앗의 싸움이 되어도 상관없었다.

끝을 봐야 하는 일에는 반드시 끝을 봐야만 했다.

하지만… 지금은 때가 아니었다.

앞뒤 가리지 않고 불나방처럼 달려든다면, 신정우의 목숨까지는 거둬들일 수 있을지도 모른다.

하지만 현성에게도 그 다음은 없었다.

그것은 가장 어리석은 복수였다.

자신은… 오늘만 바라보고 사는 사람은 아니었다.

내일이 필요했다.

지금보다 더 나아질 내일이.

그래야 돌아가신 부모님과 할머니의 이루지 못한 꿈도 이어갈 수 있다.

더 나아가 불의에 고통받는 사람들을 구하고, 힘을 보태줄 수 있었다.

현성은 마음을 독하게 먹기로 했다.

그리고 가슴속 깊은 곳에서 북받쳐 오르는 분기(憤氣)를 서서히 잠재웠다.

길게, 그리고 멀리 봐야 했다.

"아버지……."

돌아가신 아버지의 모습이 눈가에 아른거렸다.

처참한 피투성이가 된 채로 싸늘한 주검이 되어 돌아온 아버지를 봤을 때의 그 충격을 현성은 아직도 잊지 못하고 있었다.

차에 치이고 치여, 바닥에 긁히고 긁혀 제대로 얼굴의 형체조차 알아볼 수 없었던…… 아버지의 마지막이었다.

수 년이 지난 지금 생각해도, 마치 방금 전에 일어난 일처럼 잊을 수 없는 일이었다.

뜨거워지는 눈시울을 애써 훔치며, 현성은 자리에서 일어섰다.

시간.

시간이 필요했다.

지금은 때가 아니었다.

하지만 언젠가는 반드시 놈에게 자기가 저지른 죄의 대가를 치르게 해 줄 생각이었다.

반드시, 기필코.


             *         *         *


"후우. 후우. 후우."

철봉 위에 올린 네 개의 손가락.

왼손의 검지와 중지, 그리고 오른손의 검지와 중지.

남자는 네 손가락으로 모든 체중을 감당해내며, 거친 숨소리와 함께 철봉 위로 턱을 올렸다 내리기를 반복하고 있었다.

구릿빛의 근육질 몸에서는 계속해서 땀이 흘러내렸다.

그렇게 똑같은 동작을 200번 정도 반복하고 나면, 근육이 터질 것처럼 부풀어 올랐다.

온몸이 땀으로 범벅이 되는 것은 두말할 필요도 없었다.

"도련님. 수건은 여기에 있습니다."

"후우."

말끔하게 양복을 차려입은 중년의 남성이 수건을 건넨다.

언뜻 보기에도 두 배 쯤의 나이 차이가 있어 보이는 외모지만, 그는 눈앞의 남자를 도련님이라 부르고 있었다.

"물."

"예."

도련님이라 불리는 젊은 남자, 청년은 탁자 위에 놓인 물컵을 가리켰다.

자연스레 건네지는 물컵.

청년은 몇 잔의 물컵을 비우고 나서야 갈증이 가셨는지, 다시 철봉 위로 올라가 같은 동작을 반복하고 또 반복했다.

끊임없는 단련이었다.

한 시간 동안 청년은 고정 된 자세로 턱걸이만을 반복했다.

굵은 땀을 쏟아낼 때마다, 중년의 남성은 잔뜩 준비해 놓은 수건을 하나씩 건넸다.

그렇게 얼마의 시간이 흘렀을까?

"손님이 온 것 같습니다만."

귀에 꽂힌 무전 이어폰을 통해 들려온 이야기가 있는지, 중년의 남성이 청년에게 말했다.

청년은 고개를 끄덕였다.

나가보라는 뜻이다.

중년의 남성이 자리를 비우고.

청년은 또다시 묵묵히 같은 운동을 반복했다.


똑똑똑.

5분 뒤.

노크 소리가 들려왔다.

마침 한 사이클의 운동이 끝난 참이었다.

"들어가도 되겠습니까?"

중년 남자의 목소리다.

"들어와."

청년이 땀으로 흠뻑 젖은 머리를 수건으로 털어내며 답했
다.

끼이이이―

문이 열리고, 중년의 남성이 안으로 들어섰다.

"손님이 오셨습니다."

그리고 그의 뒤에 한 남자가 말끔하게 옷을 차려입은 채 자
리하고 있었다.

"그럼……."

중년의 남자가 인사를 건네고는 빠르게 자리를 비웠다.

끼이이— 쿵—

문이 닫히고, 이내 적막이 흘렀다.

청년과 남자는 서로를 마주보며 말없이 서 있었다.

그리고…….

누가 먼저랄 것도 없이 서로에게 인사를 건넸다.

"오랜만입니다, 정우 도련님."

"반갑군, 김양철."

5장
워커 & 매직 홀릭

타닥타닥. 타닥타닥.

한밤중.

방 안에서는 쥐죽은 듯한 고요함 속에 키보드 소리만 흘러 나오고 있었다.

현성의 손가락이 부지런히 움직였다.

그때마다 하얀색 바탕 위에 검은 글씨들이 채워졌다.

"파이어 볼… 화염 구체를 소환하여 적을 타격한다. 직접 적인 충격파보다는 불길에 휩싸이게 하는 것이 목적이며, 일 반적인 불보다는 물에 대한 내성이 좀 더 강하다. 그러나 다 량의 물에는 마나의 불길도 사라지므로, 상황에 맞는 조절이 필요하다."

타닥타닥. 타닥타닥.

현성은 지금까지 배우고 익힌 모든 마법들을 정리하고 있었다.

새삼 알고 있는 마법들을 다시 한 번 정리하는 것은 복기하는 한편, 마법에 대한 이해를 넓혀가기 위해서였다.

최근 현성은 마법의 연계에 대해 관심을 갖기 시작했다.

지금까지 현성이 벌였던 전투나 생활에서의 마법 활용은 조합이라기보다는 단발성에 가까웠다.

다시 말해 조합을 시도해 본 경우가 없었다는 뜻이다.

이를테면 파이어 볼 구체를 캐스팅하여 공중에 띄워둔 뒤, 매직 미사일을 이용해 파이어 볼 구체를 날리는 방법도 '생각은' 해볼 수 있었다.

시도해보지 않았을 뿐이다.

매직 미사일은 파이어 볼에 비해 날아가는 속도가 2배나 차이 날 만큼 빠르기 때문에, 두 마법을 순차적으로 조합할 수 있으면 빠른 속도의 파이어 볼 타격도 가능했다.

이런 식으로 조합의 수를 늘리기 위해서는 마법 하나하나의 면면을 살필 필요가 있었다.

때문에 스승들도 알고, 현성도 아는 기본적인 내용들이지만 하나씩 차례대로 정리하고 있었던 것이다.

화염계열의 공격 마법 파이어 볼.

전격계열의 공격 마법 라이트닝 볼트.

바람계열의 공격 마법 매직 미사일, 윈드 스피어.

치유와 정화의 마법 힐, 블랙 힐, 클린.

정신을 제어하는 마법 마인드컨트롤.

육체 능력을 강화시키는 헤이스트.

전투에 필요한 기동성과 변수를 제공하는 숏 인비저블, 블링크.

그리고 사람의 감정을 변화시키게 만드는 매혹 마법.

하나하나 정리해 보니 지금까지 배워온 마법의 개수가 상당했다.

물론 아직 배울 것들이 더 많았지만, 하나하나 살피는 것만으로도 다양함의 재미가 느껴졌다.

아쉬운 점이 없지는 않았다.

상대적으로 화염계열과 전격계열의 마법에 대해서는 아직 걸음마 단계였다.

게다가 일리시아와의 대화 중, 현성은 물과 연관된 정령술이나 마법도 있다는 사실을 어렴풋이 들은 적이 있었다.

정령술이라는 것은 마법과는 달리 더 까다로워서, 대지 위에 존재하는 정령과의 교감이 필요하다고 했다.

현성이 사는 세계에는 정령이 존재하지 않는 것 같다고 했다. 그래서 가르쳐 줄 수 없다고 했지만, 정령이 있는지 없는지는 일단 배워보고 나서 판단해도 늦지 않겠다는 생각이 든 현성이었다.

현성이 좀 더 욕심을 내고 있는 부분은 바로 텔레포트였다.

헤이스트는 지속적인 가속에 가까운 마법이고, 블링크는 장거리 이동 마법이라고 하기에는 짧고 제약이 많았다.

현성이 탐을 내는 것은 초기 단계의 텔레포트 마법, 그러니까 약 300m에서 500m 사이를 이동하는 텔레포트 마법이었다.

매혹 마법 역시 단계적으로 좀 더 강화할 수 있다는 이야기를 들었던 현성이었다.

"스승님?"

─이번에는 또 무엇이 궁금해진 게냐? 끌끌끌!

자르만의 반가운 목소리가 들려왔다.

지금까지 줄곧 들어온 스승의 목소리가 심각하게 잠긴 목소리였다면, 오늘은 늘상 듣던 장난기 많은 그런 목소리였다.

"일리시아 스승님께서는……?"

─학계 일로 잠시 자리를 비웠다. 어차피 나만 있으면 되지 않느냐? 물어보거라!

일리시아는 부재중인 모양이었다.

요 근래 두 사람이 같이 현성과의 대화에 참여한 적이 없는 것 같았다.

무엇 때문일까?

매번 학계 일 때문이라고 둘러대긴 했지만, 그게 더 미덥잖

게 느껴졌던 현성이었다.

하지만 깊게 캐묻지는 않았다.

그런다고 해서 달리 다른 말을 들을 것 같지도 않았기 때문이다.

"이번에는 좀 각오를 단단히 하셔야겠는데요. 배우고 싶은 것이 매우 많아졌습니다."

─끌끌끌, 각오는 네가 하지 왜 내가 하느냐? 뭐 빠지게 수련하고 반복하는 것은 네 몫이지. 그리고 내가 고통에 차서 헉헉 대는 것을 재밌게 보는 것이 내 몫이고 말이다. 끌끌끌!

현성의 협박(?)이 무색하게 자르만은 도리어 적당히 겁을 주며 현성을 놀렸다.

맞는 말이었다.

한 번 연습을 시작하면, 만족할 만한 성과가 나올 때까지 계속해서 반복하는 게 현성의 성격이었다.

많이 배울수록 그 시간이 늘어나는 것은 당연한 일이었다.

최근 현성의 하루 일과는 다소 바뀌어 있었다.

프랜차이즈 사업에 관해, 개개인에게 이루어졌던 사업설명회가 끝나고.

함께 할 멤버가 어느 정도 추려졌던 것이다.

현성은 초기 단계의 프랜차이즈 사업의 정착과 각 분점의 상황을 면밀하게 체크하기 위해, 본점에서 일하는 시간을 다소 줄였다.

예전에는 아침 9시부터 저녁 10시까지 쉬지 않고 일했지만, 당분간은 아침 9시부터 정오까지, 그리고 오후 7시부터 저녁 10시까지 두 번으로 나누어 일을 보는 식이었다.

재료 제작은 당일 새벽이나 전날 밤에 미리 해두기 때문에 문제는 없었다.

주방에서 일하는 직원들은 현성이 미리 만들어놓은 재료를 레시피에 맞게 조리만 하면 되었다.

조리용 물도 주방 내에 만들어놓은 대형 물탱크에 항상 가득 채워두었다. 하루를 돌리기에는 충분히 남는 양이었다.

그래서 매일 새벽 시간 외에도 일곱 시간이 남았다.

다음 주부터 각 권역별로 분점들의 계약이 완료되고 공사가 들어가는 만큼, 1주일은 마법에 전념할 시간이 충분했다.

─배우고 싶은 마법이 무엇이더냐? 속성이 될지 아닐지도 같이 판단해주마, 클클클.

현성은 차례대로 생각하고 있던 마법들을 술술 털어냈다.

그때마다 자르만은 비웃듯이 킥킥 대거나, 오 하고 감탄사를 터뜨리곤 했다.

─가장 구미가 당기는 것은 텔레포트 마법이겠지?

"예, 그렇습니다."

─초기 단계의 텔레포트 마법은 거리와 시간에 제한이 있다. 첫술에 배부를 수는 없는 법이지. 한 번의 시전으로 최대 500m의 거리를 이동할 수 있고, 이후 재사용을 하기 위한 휴

식시간이 5분 정도 필요하다.

"그 정도여도 충분할 것 같은데요."

—어차피 너는 귀찮은 수식을 암기할 필요가 없다. 네가 마나를 얻던 그 시점에 캐스팅에서 시전으로 이어지기까지의 과정을 모두 습득했기 때문이지. 그렇다면 중요한 것은 무엇인가? 안전성이다. 네가 이동해서 떨어질 곳이 만약 절벽 끝 낭떠러지라면? 아니면 아무것도 받쳐줄 곳 없는 허공이라면?

"바로 죽겠군요."

—클클클, 그렇지. 그래서 마법학 초기에는 텔레포트 마법을 연성하다가 어이없게 죽는 마법사들이 상당히 많았다. 떨어져 죽는 건 약과에 속하지. 재수 없게 나무라든가 바위 중간에 소환되도록 텔레포트가 되는 바람에…….

"그 자리에서 몸이 토막이 나 죽었다거나?"

—정확히 말하자면 자연과 하나가 된 것 아니겠느냐, 클클클. 어쨌든 그렇게 죽는, 아니 뒈지는 경우가 종종 있었다. 개죽음이라고 조롱받는 일화들이다만, 집중하지 않으면 그런 험한 꼴을 네가 당하지 말란 법은 없느니라.

확실히 장거리를 이동할 수 있는 마법이다 보니, 그에 따른 리스크도 꽤 있어 보였다.

"그러면 어떻게 보완을 하는 게 좋을까요?"

—미리 이동할 지점의 주변을 살필 수 있다면 좋겠지. 안전한지 아닌지 판단할 수 있을 테니까.

"예, 그렇습니다."

─그것을 스캐닝 마법이라고 한다. 백마법에는 없는 흑마법 특유의 기술이지. 미리 이동할 지점에서 네가 딛게 될 자리의 반경 3m 안을 확인하는 기술이다.

"…그게 가능합니까?"

쉽게 말해서 500m 내의 공간 중, 한 지점을 이동하기 전에 미리 볼 수 있다는 것이다.

언뜻 보면 별것 아닌 것처럼 보여도, 거리를 초월한 눈을 가질 수 있다는 점은 매우 매력적이었다.

─다만 텔레포트가 캐스팅 된 상태에서만 스캐닝이 가능하지. 끌끌끌, 혹시 멀리서 어딘가를 훔쳐볼 생각 따위를 한 것이 아니냐?

"음… 부정하지는 않겠습니다, 스승님."

─클클클클! 아주 솔직하구만. 그런 용도로도 필요하다면 쓸 수는 있다. 물론 텔레포트의 캐스팅이 전제조건이니, 그만큼의 대기 시간이 생기겠지. 공간을 비틀어 이동하는 마법은 거리가 멀어질수록, 그만큼 길어지는 휴식 시간을 갖게 된다. 당연한 얘기이지만, 다시 한 번 말해두는 게다.

"예, 스승님. 그럼 이제 본격적으로 배워 봐도 되겠습니까?"

─끌끌! 시작해 보겠느냐? 아주 끝을 볼 때까지 지독하게 괴롭혀 주마!

"저야 환영입니다!"

기세 좋은 스승의 한마디에 제자가 더 크게 맞섰다.

배움에 대한 열망은 예전이나 지금이나 언제나 충만했다.

마법은 양파 같았다.

아무리 까도 속껍질이 다시 나오는 것처럼, 배우면 배울수록 새로운 모습을 보는 느낌이었다.

본격적인 마법 수련!

매직 홀릭의 시작이었다.

*　　　　*　　　　*

현성이 가장 먼저 배운 것은 파이어 월이었다.

파이어 볼이 화염 구체를 형성시켜 날리는 마법이라면, 파이어 월은 말 그대로 불의 장벽을 만들어 다수의 적에게 피해를 입히는 공격 마법이었다.

위력은 파이어 볼과는 비교도 안 될 정도였다.

─장벽의 길이는 네가 얼마나 마나의 양을 얼마나 안배하느냐에 따라 달라지게 된다. 혹은 두께를 조절할 수도 있지. 아주 좁은 공간에 마나를 집약시켜 두꺼운 파이어 월을 형성시키면, 그 위를 지나가려는 적은 불에 타 죽을 각오를 해야 할 게다.

자르만은 과거 일곱 명의 마법사가 오십 명에 달하는 적 마법사를 협곡에 몰아넣고, 일곱 개의 통로에 파이어 월을 형성시켜 고립시켰던 일화도 소개시켜 주었다.

당시 마법사들은 거대하고도 방대한 화염의 불길로 인해 이동 마법으로는 불길을 지나칠 수 없었고, 협곡을 직접 타고 올라 피하려다가 궁수들의 집중 사격에 죽음을 맞이했다는 것이다.

직접 보지 않아 가슴에 와 닿는 일화는 아니었지만, 어쨌든 활용성에 대해서는 현성도 고개를 끄덕였다.


그 다음은 아이스 볼트였다.

일순간에 강력한 한기를 머금은 마나 구체를 발사시켜, 적을 결빙(結氷) 또는 동상(凍傷) 상태로 만드는 공격 마법이었다.

―아이스 볼트는 거대한 눈덩이를 던지는 것과 비슷하게 생각하면 된다. 피격당한 상대는 해당 부위가 얼어버리게 되지. 이 마법은 일시에 타격을 입히는 마법이라기보다는 지속적으로 피해를 주는 마법에 속한다. 적의 기동성이 상당히 떨어지게 되지.

"파이어 월 마법으로 상쇄가 가능합니까?"

―당연하다. 서로 상극이기 때문에 좀 더 강한 마법이 효과를 발휘하게 되지. 아이스 볼트를 시전하는 쪽의 마법이 더 강하고 깊다면, 파이어 월의 불길이 사라지게 된다. 쉽게 말

해 가위바위보 싸움인 게지.

자르만이 적절한 비유를 섞어주었다.

파이어 월이 광역 기술에 가까웠다면, 아이스 볼트는 철저히 일인 공격을 위한 마법이었다. 파이어 볼과 속성만 다르다고 생각하는 쪽이 이해가 편했다.


현성은 배움에 더욱 박차를 가했다.

이번에는 라이트닝 스트라이크였다.

라이트닝 볼트가 단발성으로 단거리 목표물에 빠직— 하는 형태의 전격 마법이었다면, 라이트닝 스트라이크는 매직 미사일처럼 전류 구체를 장거리로 발사하는 공격이었다.

다시 말해 라이트닝 볼트가 접근전, 육탄전에 유용한 '감전 유도' 마법이었다면, 라이트닝 스트라이크는 원거리의 적을 저격하는 용도였다.

무엇보다 큰 강점은 피격되기 직전까지는 날아드는 소리가 전혀 안 들린다는 점이었다.

가시적인 부분에서는 노출되는 부분이 많았지만, 마나 구체로 보호되고 있는 동안에는 소리가 나지 않아 기습적인 용도에 매우 유용했다.

─전류 구체를 만든 상태로 매직 미사일을 조합하는 형태도 가능하다. 라이트닝 스트라이크를 시전하기 직전 단계, 그러니까 마나 구체로 보호 된 형태의 상태에서 캐스팅을 취소

한다. 너도 알다시피 그렇게 되면 1~2초 내로 마나 배열이 균형이 무너지면서 캔슬이 되지. 그전에 매직 미사일을 다시 시전하여 함께 날려 보내면, 빠른 타격이 가능하다.

"쉽지는 않겠군요. 취소하자마자 바로 다음 마법을 이어가야 하니까요."

―그럼 쉬울 줄 알았느냐? 예끼, 이놈아!

현성이 원하던 조합 형태의 마법 공격이었다.

이런 식으로 공격을 전개하게 되면 상대는 전류에 의한 감전 외에도 매직 미사일 자체의 물리적인 충격파도 함께 견뎌 내야 했다. 일석이조의 공격이 가능해지는 셈이다.


매혹 마법의 강화도 이루어졌다.

매혹 마법은 지금까지 현성이 하루도 쉬지 않고 부단하게 수련해온 마법이기도 했다.

현재 현성이 벌이고 있는 음식 사업의 기반이기도 했고, 삶의 전환을 가져다 준 마법이기도 한 매혹 마법.

오랜 시간의 꾸준한 수련은 많은 도움이 되었다.

한 단계 더 강력해진 매혹 마법을 쓸 수 있는 마나의 활용 능력이 생긴 것이다.

―굳이 설명을 해주자면, 지금 이 정도의 능력으로 매혹 마법을 전개한다면… 일전까지 네가 사용하던 능력이 네게 호감을 느끼는 수준의 감정을 발생시켰다면, 이제는 호감 이상

의 사랑을 느끼게 할 수도 있다.

"감정의 깊이가 더 깊어지는 겁니까?"

─그렇지. 네가 이것을 음식에 사용하려 한다면, 음식을 맛본 사람은 상당한 중독성을 느끼게 될 게다. 자주 찾지 않으면 참을 수 없을 것 같은 그런 중독성이지.

"양날의 검이군요."

─끌끌끌, 그건 생각하기 나름이겠지. 반대로 생각하면 네가 더 많은 부를 얻을 수 있는 발판이 되기도 하지.

매혹 마법은 한층 더 강화되었다.

현성이 매혹 마법을 처음 배웠을 때, 호기심 반 기대 반으로 생각했던 효과였다.

지금까지의 매혹 마법이 이따금씩 하는 외식이나 군것질 정도의 중독성을 유발시켰다면, 한 단계 심화된 매혹 마법은 담배나 커피처럼 쉽게 끊지 못하는 정도의 중독성을 이끌어 낸다는 것이다.

"그 힘을 어떻게 쓸지는 전적으로 제 몫이군요."

─부드럽게 쓸지, 독하게 쓸지는 정말 말 그대로 네 몫이지. 네가 마음먹기에 달린 것이다. 아마 어지간한 처자들은 이 마법 한 번으로도 네게 첫 눈에 반했다는 감정을 느낄 수도 있을 게다.

"……."

남자라면 누구나 원할 법한 마법이었다.

물론 현성에게는 그런 용도로 마법을 악하게 쓸 생각은 없었다.

굳이 취하고 싶은 여자가 있는 것도 아니었다.

지금 곁에서 함께하고 있는 수연은 이미 서로가 서로를 사랑하고 있는 사이였다.

마법을 이용해 인위적으로 감정의 깊이를 키우거나 유도할 생각은 없었다.


그밖에도 현성은 다양한 마법들을 습득했다.

일반적으로 마법사들이 마법에 대한 수식 하나를 외우고 응용하는 것에만 수 개월에서 수 년을 투자해야 하는 것과 달리, 초기 단계에서 스승으로부터 모든 것을 전수받은 현성에게는 중간 과정이 없었다.

일종의 하이패스와도 같은 것이다.

때문에 마법을 배우는 데 있어 진입 장벽이 매우 낮았고, 자르만이 가르치는 족족 내용을 이해하고 받아들일 수 있었다.

현성은 보호막을 형성시키는 마나 쉴드와 유지 시간이 좀 더 길어진 미들 인비저블, 단시간의 공중 이동 마법인 숏 플라잉을 배웠다.

마나 쉴드는 말 그대로 마나로 둘러싸인 보호막을 형성시키는 것이었다.

이 보호막은 보이지 않게 현성의 몸을 일정 두께의 보호막으로 감싸게 되는데, 보호막을 유지하고 있는 마나가 충격파에 의해 깨져나가기 전까지는 피해량의 80%를 흡수하도록 되어 있었다.

보호막은 사용한 마나의 양에 비례하여 두꺼워지는데, 생각보다 마나 소모량이 많기 때문에 긴 시간을 유지할 수는 없었다.

미들 인비저블은 기존에 15초 정도가 최대 유지 시간이었던 숏 인비저블에서 15초 정도가 더 늘어난 투명화 마법이었다.

숏 인비저블, 미들 인비저블, 롱 인비저블, 인비저블 마법의 순으로 지속시간이 달라지기 때문에 이제 두 번째 단계에 진입한 셈이었다.

최종 단계의 '인비저블'은 원하는 시간 동안 투명화 상태를 유지하는 것이 가능했다. 쉽게 말해 투명인간이 될 수 있는 셈이다.

숏 플라잉은 8초 정도의 시간 동안 중력을 거슬러 하늘로 날아오를 수 있게 해주는 마법이었다.

현성이 반복적으로 연습하고 또 연습해 본 결과, 숏 플라잉 마법 자체로는 10m 정도 건물 위로 오르는 것이 최고 수준이었다.

하지만 판단이 빠른 현성은 플라잉 마법과 가장 최대의 효율을 낼 수 있는 마법을 찾아냈다.

"헤이스트 마법과 숏 플라잉을 조합하면, 지금보다 2~3배 정도 높아도 가능할 것 같은데요. 그렇지 않습니까?"

—말만 번지르르하면 뭘 하느냐? 실험을 해봐야지 않겠느냐?

"…실패할 경우를 생각하지 않을 수 없습니다."

현성의 걱정은 그것이었다.

실험해 보고 싶은 마음은 굴뚝같았다.

하지만 생각한 높이만큼 도약이 안 되거나, 순서가 꼬이게 되면 바로 황천길로 직행할 수도 있었다.

—네 놈도 구멍이 아예 없는 것은 아니로구나, 끌끌끌! 플라잉 마법은 단순히 하늘로 날아오르기만 하는 마법이 아니다. 쉽게 말해 공중으로 날아갈 추진력을 부여하는 힘이야. 그게 무엇을 의미하겠느냐? 공중에 떠 있는 상태로 제자리를 유지하는 것도 가능하다는 것이다.

자르만은 현성이 미처 파악하지 못한 맹점을 매섭게 찔러 주었다.

발밑에 추진기를 달고 있는 것과 비슷한 원리라는 이야기였다.

그 추진력을 위로 이용하면 계속 날아오르게 되지만, 적당히 힘을 조절하면 제자리에 떠 있는 상태를 유지할 수 있다는 것이다.

현성은 아예 실패를 대비할 요량으로 새벽녘에 인적이 드문 인근의 저수지를 찾았다.

수영은 자신 있었다.

물 위에서 실험을 해본다면 혹여 실패하더라도, 물에 빠지는 정도일 테니 해볼 만했다.

첨벙—!

"젠장……."

—끌끌끌, 쉽지 않을 게다. 엉덩방아를 수백 번 찧으면서 걸음마를 떼는 것과 다를 바가 없지.

쉬이이이—

"아차!"

첨벙!

"어푸푸푸… 후우. 후우."

수 번, 수십 번을 넘어 백 번에 가까운 시행착오가 반복됐다.

날아오르는 것 자체는 어렵지 않았다.

공중에서 떠 있는 상태를 유지하거나, 일정 높이를 유지한 채로 횡으로 이동하는 것이 쉽지 않았다.

헤이스트 마법이 조합되다 보니, 이로 인해 유발되는 추진력과 플라잉 마법의 추진력을 알맞게 조합하는 것도 쉽지 않았다.

하지만 계속 시행착오가 반복되면서, 자연스럽게 감과 데이터가 쌓였다.

그리고.

"됐다!"

현성의 환호성이 터져 나왔다.

완벽하게 균형을 유지할 수 있는 접점을 찾은 것이다.

―껄껄껄, 제법이구나.

어느새 현성은 유유히 하늘을 날고 있었다.

숏 플라잉 마법이 허락하는 시간 동안의 자유로운 비행이었다.

헤이스트 마법과의 조합을 통해 지면에서 살짝 떠 있는 상태로 날아가는 것도 가능했고, 포물선을 그리며 장거리를 점프하듯 멀리 뛰는 것도 가능했다.

그리고 헤이스트 마법의 추진력을 이용하여, 단숨에 2~30m 높이로 도약하는 것도 가능했다.

혹여 실패할 경우를 대비해 여분의 시간을 남겨둔 것도 주효했다.

예비 시간을 안배해 두자, 실패해서 추락할 경우에도 남은 시간을 이용해 천천히 하강하는 식으로 안전장치의 마련이 가능했다.

신비함의 연속이었다.

오래전부터 얼마나 많은 사람들이 날고 싶어 했던가.

그 꿈이 모이고 모여 개발된 것이 비행기였다.

하지만 그것은 기체와 추진력의 힘을 빌린 것.

지금 현성이 마법을 이용해 스스로 날고 있는 것과는 달랐다.

"믿을 수 없어."

—처음 듣는 말이로구나. 직접 경험하고도 믿을 수 없다는 게냐?

"제가 날고 있지 않습니까?"

—끌끌끌, 우리 세계의 마법사들은 이렇게 날아다니는 일이 흔하다. 마법이 있다면 안 될 것이 없지.

"정말 신기합니다. 놀랍습니다, 스승님!"

—텔레포트는 더 놀라울 게다. 네가 사는 곳에서는 그렇게 시공을 넘나드는 것에 관심이 많다 하지 않았느냐?

"예, 그렇습니다."

—그렇다면 더 놀라운 일을 경험할 시간이다. 준비하거라!

현성의 매직 홀릭은 감탄과 즐거움의 연속이었다.

이제 그 다음 차례는 텔레포트였다.

\*　　　\*　　　\*

텔레포트 마법 수련도 주로 한밤중에 이루어졌다.

낮에도 가능했지만, 주변의 시선을 고려해서였다.

갑자기 떡하니 바로 옆에서 사람이 나타나면, 그 어느 누구라도 깜짝 놀랄 터였다.

─스캐닝이라는 것을 어렵게 생각할 필요는 없다. 이동할 지점에 존재하는 마나를 이용해, 일부분만 감지를 할 뿐이다. 텔레포트를 캐스팅하면, 몸이 살짝 붕 떠오르며 이동할 준비를 하게 된다. 좌표를 설정하게 되지.

"……."

자르만의 말에 현성이 전력을 다해 집중한 상태로 텔레포트 캐스팅 동작에 들어갔다.

몸을 살짝 낮추고, 양손을 펼쳤다.

마치 스키장에서 보드를 탈 때 잡는 자세의 느낌이었다.

약간 우스꽝스러운 듯한 느낌도 들었지만, 현성은 잡념 없이 마법 캐스팅에 집중하고 있었다.

샤아아아─

마나의 기운이 온몸을 감싼다.

아래에서부터 솟아올라오는 따뜻한 기운이 하체와 허리, 상체를 훑으며 머리로 향한다.

마치 위에서 무언가가 자신을 빨아들이려는 듯한 느낌이었다.

─머리끝까지 느낌이 왔느냐?

"예."

자르만의 물음에 현성이 짧게 답했다.

―그 상태에서 마나의 흐름을 잠시 중단시키거라. 그런다고 해서 텔레포트 마법이 사라지는 것은 아니니 걱정 말거라.

스르륵―

현성이 마나의 흐름을 틀어막자, 몸을 감싸던 기운이 서서히 풀려가기 시작했다.

머리 위에서 쭈뼛하던 느낌도 사라졌다.

―바로 지금이다. 여기서 텔레포트 마법이 시전 되었다고 연상하거라. 연상하면 된다. 다른 건 필요 없다!

파앗―!

자르만의 말대로 행동한 바로 그 순간.

뭔가에 휩쓸려 간 것처럼 급격하게 잡아당기는 느낌이 전신에 느껴졌다.

그러나 모든 것은 그대로였다.

―눈을 감아라. 감는 순간 네가 이동할 지점의 근방이 보일 것이다.

현성은 바로 눈을 감았다.

"……!"

그러자 보였다.

현성이 딛고 있던 자리가 아닌 전혀 다른 장소가.

놀이터 한가운데였다.

미끄럼틀 위처럼 보였다.

사람은 없었다.

—안전해 보이느냐?

　"예."

　—바로 시전하거라! 아직 텔레포트 마법이 완전히 캔슬되지 않았다. 지금 이동하면 가능하다!

　현성은 대답할 새도 없이 바로 연속 동작에 들어갔다.

　마나의 흐름을 재차 원활하게 만들자, 다시 전신에 마나의 기운과 온기가 공급됐다.

　그리고.

　파앗—!

　한줄기의 파공음과 함께 현성의 몸이 그 자리에서 사라졌다.

　현성의 시야에 보이던 공간들은 일시에 찢어진 종잇조각처럼 산산조각 나 사라졌다.

　그러더니 바로 찢어진 종잇조각들이 한데 뭉쳐 공간을 형성하기 시작했다.

　체감상 1초 남짓한 시간에 이루어진 일.

　다시 하나로 뭉쳐 탄생한 공간은 방금 전에 있던 곳과는 전혀 달랐다.

　바로 스캐닝을 통해 보았던 놀이터의 미끄럼틀 위였다.

　다행히 주변에 사람은 없었다.

　천천히 둘러보니 어느 위치인지 얼추 짐작이 갔다.

　자르만의 말대로 500m 정도 반경 안에 있는 아파트 단지의 놀이터였다.

―반복적으로 수련을 하다 보면 원하는 공간으로도 텔레포트가 가능하다. 하지만 지금은 임의적으로 마나의 기운이 강한 쪽으로 마법이 널 이끌어주게 될 것이다. 부지런히 수련하거라. 그래야 원하는 지점, 원하는 거리로 네 몸을 옮길 수 있다.

"공간을 뛰어넘는 마법이라… 정말 대단합니다! 경이롭습니다."

―마법의 경이로움은 바로 이런 것이지. 네가 살고 있는 세계에서 일컫는 '과학'이라는 것도 이것은 설명할 수 없을 것이다. 그렇지 않느냐? 그저 날아가는 비행체들의 속도를 높이는 것에만 관심이 있을 게다.

"예, 그렇습니다."

―대륙에 마법학이 정립되기 전에는 우리들 역시 그랬느니라. 마법학은 일상과 학문, 모든 것에 변화를 가지고 왔지. 마법은 그래서 경이로운 것이다. 지금까지 네가 생각하던 한계를 여지없이 무너뜨릴게다, 하하하하. 하하하하하!

자르만이 즐거운 웃음을 터뜨렸다.

지금까지 현성에게 다양한 마법을 가르쳤지만, 이토록 현성의 반응이 좋았던 적은 처음이었다.

마법사로서 으스대고 싶은 것은 절대 아니었다.

이것은 뿌듯함이었다.

시공과 차원 너머의 세상에 살고 있는 이계의 제자에게 마법의 신비로움과 특별함을 전수해 주는 이 뿌듯함.

이것은 자신이 살고 있는 대륙에서도 자신과 일리시아가 아닌 그 어느 누구도 느끼지 못하는 뿌듯함이었다.

심지어는 드래곤도 마찬가지일 것이다.

"이제 남은 것은 제 몫입니까?"

현성이 환한 미소를 지으며 물었다.

벅차오르는 느낌.

마법에 대한 경이로움을 새삼 다시 한 번 느끼고 나니, 열망이 타올랐다.

어느 순간부터인가 자신에게 마법이 평범하게 느껴졌던 때가 있었다.

그저 사업을 위한, 그리고 복수를 위한 도구에 불과할 뿐이라고 생각한 적이 있었던 것이다.

손 안에 든 것의 소중함을 모른다는 말이 바로 이런 걸까?

때문에 마법을 하찮게 생각했던 적이 있던 것도 사실이었다.

그러나 다시 한 번 느낀 마법의 신비는 특별함과 대단함, 그 자체였다.

당장에라도 더 많은 마법을 배우고 싶은 마음이 굴뚝같았다.

—이젠 반복 수련을 해야만 한다. 네 것으로 만들려면 그렇

게 해야지. 숙련되지 않은 마법은 무딘 칼을 쓰는 것과 다를 게 없다. 적에겐 아무런 피해도 줄 수 없고, 나는 헛심만 쓰게 될 뿐이지. 몸에 완벽하게 익을 때까지 연습하거라. 시간이 딱 맞게 끝났구나. 나도 학회일에 참여를 해야 하느니라. 부지런히 수련하고 있거라.

"예, 스승님!"

그렇게 자르만도 자리를 비웠다.

남은 것은 현성의 몫이었다.

현성은 지체할 것 없이 바로 마법 수련에 들어갔다.

이번만큼은 하루 24시간이 모자랄 것 같았다.

도전하고 시도해야 할 것이 너무나도 많았기 때문이다.


\*　　　\*　　　\*


—오빠, 오늘 퇴근하고 나서 다른 일 있어?

—아니, 바로 퇴근해야지.

—그럼 나 오빠네 집으로 미리 가 있는다? 맛있는 거 해놓고 있을게! 진짜 맛있는 거야.

—기대하고 있을게.

—응~ 빨리 와요~♥


퇴근 시간이 되자, 수연에게 메시지가 왔다.

그녀는 항상 현성에게 지극정성이었다.

그리고 무엇보다 현성을 구속하려 하거나, 과도하게 애정 표현을 요구한다거나… 같은 행동도 하지 않았다.

주로 남자들이 피곤해하는 여자의 행동들.

많은 연락을 요구하거나, 표현하지 않아놓고 자신의 마음을 알아주길 바란다거나.

그런 행동은 하지 않았다.

그녀는 솔직한 성격이었다.

원하는 것은 원한다고 표현하고, 싫은 것은 싫다고 표현했다.

사랑을 나눌 때도 마찬가지였다.

뜨겁고 열정적인 사랑이 끝나고 나면, 서로 애틋한 후희의 시간을 가지면서 스스럼없이 좀 더 자극해 주었으면 하는 성감대나 원하는 부분에 대해 이야기했다.

현성은 그런 수연의 솔직함이 좋았다.

그래서 다투는 일도 많지 않았다.

서운하면 서운하다고 바로 말했고, 또 자신이 잘못한 부분이 있으면 먼저 사과했다.

그러다 보니 서로 트러블이 생기기보다는 대화를 통해 해결이 되는 경우가 많았다.

수연 역시 현성의 솔직한 성격, 그리고 자신을 리드하는 현성의 모습이 매력적이라고 했다. 한편으로는 너무 밀고 당기는 맛이 없는 나쁜 남자 같다고도 했다.

물론 이것은 현성이 의도한 것은 아니었다.

구속받는 것을 싫어하는 만큼 현성도 수연을 구속하고 싶어 하지 않았고, 사랑하고 있는 만큼 의심이나 질투도 하지 않았다.

그러다 보니 수연의 입장에선 현성이 매력적인 나쁜 남자로 보일 수밖에 없었다.

어쨌든 폐장을 준비할 시간이었다.

처음에는 자신과 상화, 단 둘이서 일하던 공간.

이제는 자신과 상화를 포함해 일곱 명이나 되는 직원들이 일하는 매장이 되어 있었다.

"사장님, 들어가보겠습니다!"

"들어갑니다!"

"수고하셨습니다!"

직원들은 하나 같이 붙임성들이 좋은 녀석이었다.

애초에 면접을 볼 때, 현성과 상화가 유심히 보았던 부분들이기도 했다.

소극적이고 말수가 적은 녀석들 보다는 적극적이고 능동적인 붙임성 많은 직원들이 좋다고 판단해서였다.

손님들의 반응도 좋았다.

때문에 현성과 상화를 보고 오는 단골손님이 아닌, 직원을 보고 오는 단골손님도 꽤나 있었다.

현성은 근로계약서대로 지급되는 월급과는 별개로 매달 직원들에게 충분한 보너스를 챙겨주고 있었다.

특히 현성이 없을 때, 주방에서 고생하는 아주머니에게는 더 많은 돈을 챙겨주었다.

두 아이의 엄마라는 그녀는 얼마 전 남편과 사별한 집안의 가장이었다.

굳이 그런 집안 사정까지 봐가면서 챙겨줄 필요는 없었지만, 현성은 돕고 싶은 마음에 충분한 보너스를 챙겨주곤 했다.

이렇게 하루의 일과가 끝나가고.

상화가 얼굴 가득 흘러내리는 땀을 닦아내며, 현성에게 손가락을 까딱거렸다.

"맥주 한잔, 어때?"

"오늘은 수연이 만나야 해."

"새끼… 그거냐? 크큭."

현성의 대답에 상화가 엉덩이를 앞뒤로 흔드는 시늉을 하며 킬킬거렸다.

"저질스러운 놈. 난 너처럼 그런 게 목적이 아니라서. 사랑하는 게 즐겁다."

"어디서 개소리를 지껄이고 있어! 클클클! 다 안다, 형은 임마! 피임 확실히 하고, 괜히 애 만들어 고생하지 마라! 난 너처럼 고상한 선비는 아니라서, 오늘도 그짓하러 간다!"

"여자 친구 생겼냐? 왜 나한테 얘기 안 했어?"

"여자 친구는 얼어 죽을… SP지, SP. 일곱 살 많은 누나 있어. 속궁합이 좋아서 말야, 요즘 재미 좀 보고 있다. 후딱 일치르고 돌아가서 동생 챙겨줘야지. 형 바쁘다, 먼저 퇴근한다!"

"들어가라. 고생했다.

"오냐—!"

상화는 말이 끝나기가 무섭게 출근할 때 매고 온 백팩을 들쳐 메고는 바람같이 사라졌다.


딸랑딸랑.

그때.

다시 문이 열리고, 한 사람이 안으로 들어섰다.

이제 대부분의 손님들이 매장의 폐점 시간을 알기 때문에 이 시간에는 오는 일이 없는데, 문을 열고 들어오는 것을 보니 처음 온 손님인 듯싶었다.

이미 인수인계도 끝나고, 뒷정리도 끝난 상황.

현성은 손님의 기분이 상하지 않도록 차분한 목소리로 말을 건넸다.

"손님, 오늘 영업은 끝났습니다. 죄송하지만, 내일 방문해 주시면… 좀 더 신선하고 맛있는 재료로 보답해 드리겠습니다."

"음… 끝났어요? 끝난 건가…….."

들어온 손님은 30대 초중반으로 보이는 여인이었다.

국밥집과는 전혀 어울리지 않는 외모였다.

호피무늬 재킷에 얇은 면티.

그리고 가죽 숏 스커트에 검은 스타킹에 롱부츠로 한껏 멋을 낸… 하지만 늦겨울에서 초봄으로 넘어가는 이 시기에 입기에는 꽤나 부담스러운 복장이었다.

딱히 복장이나 외모에 선입견은 없었다.

보통 이런 복장이면 술집에서 일하는 사람이거나 화류계의 사람이라고 생각할 법도 하지만, 현성은 그렇진 않았다.

"정말 문 닫는 거예요? 소주 한 병만… 딱 하고 가고 싶은데."

여인은 꽤나 아쉬운 눈치였다.

이미 살짝 취기가 오른 상태였다.

해장이나 할 생각으로 국밥에 소주 한 병 더 걸칠 요량이었던 것 같았다.

현성이 말한 대로 이미 국밥은 당일 물량이 모두 소진된 상태였다. 팔 수 있는 건 음료수와 소주가 전부였다.

"지금은 재료가 없어서요. 내일 오시면 따끈따끈한 재료로 대접해 드리지요."

"그럼… 소주 한 병만 줘요. 한 병만 마시고 갈게요. 10분 이상 안 걸려요. 안주는 필요 없어요. 당근이나 몇 개 있으면

주세요."

특이한 손님이었다.

차라리 소주 한 병 마실 생각이었다면, 꼭 국밥이 아니더라도 안주 삼을 것들은 술집에 가면 충분히 많았다.

왜 굳이 여기를 찾아온 걸까?

현성이 매장에서 일한 이후로 처음 보는 손님이었다.

온 적이 있다면 현성이 없는 시간에 왔거나, 오늘이 초행일 것이다.

"……."

그녀는 어느새 자리에 앉아 고개를 반쯤 떨군 채, 눈물을 글썽거리고 있었다.

사연이 있어 보이는 표정이었다.

현성은 정중하게 그녀를 타이를까 하다가 소주 한 병을 꺼내어 건넸다.

10분이라지 않는가.

너무 손님에게 매몰차게 굴 필요는 없었다.

보통 폐점이라 하면 아쉬워하면서 발길을 돌리는 손님의 모습이 99.9%였기에 0.1%의 그녀가 신기한 부분도 있었다.

쪼르르.

자신의 소주잔에 소주를 따르고.

그녀가 지그시 현성을 바라보았다.

"한잔할래요?"

"괜찮습니다. 말동무라도 해드릴까요?"

현성이 그녀의 맞은편에 앉았다.

우수에 찬 눈빛 속에는 뭔가 아픔이 묻어 있었다.

현성은 읽을 수 있었다.

사연이 많은 눈빛.

가슴속에 담고 있는 답답함이나 분함, 슬픔이 많은데 떨쳐 낼 수 없는 그런 눈빛이었다.

"사장님 이름이 어떻게… 되죠?"

"장현성입니다."

"장현성… 그래요, 현성 씨… 현성 씨는 사랑하는 사람이 갑자기 다른 사람이 되었다면 어떨 것 같아요?"

흔하디흔한 여인네의 연애 고민인걸까.

현성은 좀 더 귀를 기울였다.

사연이 더 있을 것 같았다.

"어떻게 다른 사람이 되었죠?"

"불과 며칠 전까지 결혼을 약속하고, 사랑을 속삭이던 남자가… 변했어요. 이제 나는 그 사람을 절대 사랑할 수 없게 됐어요."

"도대체 왜……?"

쪼르르르르. 꿀꺽.

쪼르르르르. 꿀꺽.

현성의 물음에 그녀는 대답 대신 소주 두 잔을 연이어 들이 컸다.

"크… 그러니까, 하… 말할 수 없어요. 그냥 그 사람은 이제 나쁜 사람이 됐어요. 나의 그 어떠한 매력도 매력으로 봐주지 못하는 사람……. 나를 사랑하는 여자가 아닌 괴물처럼 보게 된 그런 사람이 됐어요."

"서로 생각했던 연애의 끝이 달랐던 건가요?"

여자는 진지하게 결혼을 생각했고, 남자는 엔조이를 생각했던 걸까?

그녀의 슬픔은 왠지 남자의 변심 또는 배신에서 온 슬픔 같았다.

꿀꺽— 꿀꺽—

그사이 그녀가 두 잔의 소주를 더 비웠다.

"사랑하는 여자의 모습이 조금 달라졌다고 해서, 그 사랑을 포기할 수 있나요? 사랑하는 여자라면 달라짐을 받아들이고, 사랑으로 감싸줄 수 있지 않아요?"

"그게 진정한 사랑이죠. 마음이 변하지 않는다면, 달라진 모습은 기분 좋은 변화가 되겠죠."

틀에 박힌 듯한 대답이지만, 진실한 감정에서 우러나온 것으로서의 솔직한 답변을 꺼냈다.

꿀꺽—

탁!

"그게 맞는 거겠죠. 현성 씨의 말이 맞아요……. 그런데 그렇지가 않네요. 결국 밤길을 홀로 거니는 것은 내 몫이 된 거죠. 내 몫이……. 갈게요, 잔돈은 필요 없어요."

탁.

그녀가 탁자 위에 만 원짜리 지폐 한 장을 올려놓았다.

그리고 비틀거리는 발걸음과 함께 문을 열고 밖으로 나섰다.

"잠시, 잠시만요!"

왠지 느낌이 좋지 않았다.

저런 무방비 상태로 밤길을 거닐다가는 괜한 일에 휩쓸릴 수도 있었다.

양철이파가 사라지고, 천년파까지 일망타진된 마당이라 조폭 같은 질 나쁜 녀석들은 사라지고 없지만.

그래도 불안한 마음이 드는 것이 사실이었다.

후웅!

현성이 한달음에 달려 나가 문을 열어 젖혔다.

하지만 아무도 없었다.

불과 1~2초에 불과한 시간.

그사이에 그녀가 모습을 감춘 것이다.

혹시나 귀신을 본 건 아닐까?

현성은 문득 그런 생각이 들어 탁자를 살폈지만 그대로였다.

돈도, 그녀가 한 입 베어 물고 만 당근도.

그리고 소주잔을 잡고 있던 손의 온기도 그대로 담겨 있었다.

무슨 일일까?

궁금한 마음이 한 가득이었지만, 그녀는 이미 자리를 뜨고 난 뒤였다.

*　　　*　　　*

"홋차! 이 정도면 성공적이군."

텔레포트를 배운 이후, 퇴근길을 굳이 무리해서 걸을 필요도 사라졌다.

어느 정도 숙련이 되면서, 정확히 집 앞까지는 아니더라도 근방으로 이동하는 것이 가능해졌기 때문이다.

지름길로 막 들어서려는 길목쯤에서 텔레포트를 시전하면, 현성의 옥탑방 반경 50m 안의 위치로 이동이 됐다.

그러면 1분 정도만 걸어도 바로 집이었다.

딸깍—

문을 열고, 현성이 조용히 안으로 들어섰다.

가지런하게 놓여 있는 수연의 신발이 보였다.

하이힐이나 부츠보다는 편한 스니커즈나 단화를 즐겨 신는 수연이었다.

방금 전 만났던 그녀와는 다른 모습이기도 했다.

"오빠 왔어? 잠깐만―!"

반가운 수연의 목소리가 들린다.

현성은 목소리가 들려오는 방향으로 시선을 돌렸다.

부스럭 부스럭―

화장실에서는 씻는 소리가 아닌 부산히 움직이는 소리가 들려오고 있었다.

부엌을 살피니 맛있는 음식을 준비해놓겠다던 말과는 달리, 아무것도 없었다.

게다가 바닥에는 용도를 짐작하기 힘든 롱 튜브가 놓여 있었다. 수영장이나 피서를 갔을 때 쓸법한 그런 도구였다.

내심 따뜻한 야참을 기대를 하고 들어온 차였기에 아쉬운 마음이 들려는 찰나.

"짜잔!"

수연이 문을 열고 나타났다.

그리고 현성의 눈앞에 펼쳐진 것은 초콜릿색 페인팅, 아니 초콜릿을 상체 가득 바르고 나타난 수연이었다.

머리에는 귀여움을 한껏 더해주는 바니 머리띠가 씌워져 있었다.

"……."

"오늘의 야참은 바로 이거야. 오빠, 나야. 내가 저녁 야참이에요―!"

깊숙하게 들어오는 수연의 돌직구(?)에 힘든 하루 일과를 마치고 들어온 현성의 이성이 여지없이 무너졌다.

요 며칠 내내 계속된 마법 수련으로 배움은 깊어졌지만, 그만큼 스트레스와 피로도 쌓였던 현성이었다.

수연의 깜짝 선물은 스트레스와 피로를 한 번에 녹여 버리는 매혹적인 도발이었다.

누가 먼저랄 것도 없이 한데 뒤엉킨 사랑이 시작됐다.

수연이 준비해 놓은 롱 튜브는 바로 사랑을 나누기 위해 만들어진 깜짝 공간이었다.

집 안을 온통 초콜릿 쑥대밭으로 만들 수는 없었으니까.

현성은 수연을 눕혀놓고, 두 팔을 움직이지 못하게 꽉 붙든 채로 거침없이 수연의 몸을 탐닉(耽溺)했다.

고조되는 흥분에 한껏 달아오른 수연도 미리 준비해놓은 따뜻한 초콜릿 액체를 목에, 어깨에, 그리고 가슴 위로 끊임없이 내리부었다.

사랑의 달콤함에 초콜릿의 달콤함이 더해지자, 두 남녀의 사랑에는 더 불이 붙었다.

"이젠 나도 초콜릿 맛 좀 볼래."

이번에는 수연이 반대로 현성을 눕혔다.

그리고 군살 없는 현성의 복근 위에 가득 초콜릿을 부었다.

"정말 초콜릿 복근이네, 히히."

그녀의 입가에서 느껴지는 따뜻한 체온이 현성의 복부를

훑었다.

그리고 어느새 자연스럽게 아래로, 아래로… 그녀의 온기가 향했다.

불꽃 튀는 사랑의 연속.

섹슈얼하고도 에로틱한 수연의 이벤트였다.

꼭 이런 이벤트뿐만이 아니더라도, 수연은 정말 매력적이고 사랑스러운 여자였다.

당당히 얼굴을 마주보고, 사랑한다고 말할 수 있는 그런 여자였다.

점점 절정을 향해 달려가는 사랑 속에서 현성은 눈앞의 수연에게 모든 것을 집중했다.

그리고 자연스럽게 폐점 전, 한 여인이 찾아와 소주 한 병을 기울이고 간 것도 잊어버렸다.

살다 보면 한 번쯤 있을 법한 그런 일이었다.

하아― 후우―

하아아― 후우―

뜨거운 숨결이 추운 겨울날 밤, 현성의 방을 가득 채웠다.

그리고…….

그렇게 두 남녀의 사랑도 무르익어 갔다.

6장
끊어진 교신, 그리고 수상한 조짐

구르르르릉—

후두둑. 후두둑. 후두둑.

쏴아아아— 쏴아아아—

"날씨 한번 참……."

아직 봄이 오기 전, 늦겨울의 마지막 추위가 맹위를 떨칠 즈음이었다.

이맘때면 보통 꽃샘추위니 뭐니 하면서 찬바람이 쌩쌩 불고, 날씨가 건조해 목이 간질간질거릴 시기였다.

하지만 올해는 달랐다.

특히나 요 근래, 사흘 전부터 시작된 날씨는 기상청에 엄청난 항의 전화를 쏟아지게 할 만큼 변덕스러웠다.

불과 30분까지만 해도 별들이 반짝반짝 빛날 정도로 맑았던 밤하늘은 온데간데없었다.

어디선가 몰려온 먹구름이 자리를 제대로 잡았는지, 빗줄기가 시작되지마자 장대비로 변하기 시작했다.

이런 날씨가 벌써 사흘째 지속되고 있었다.

기상 예보에서는 기상 관측 역사상 유례가 없는 늦겨울—초봄의 게릴라성 폭우가 예상된다고 했다.

게릴라성 폭우.

보통 여름에 장마나 태풍이 몰려올 즈음에 자주 듣는 단어였다.

하지만 겨울에는 의외였다.

아니 현성이 태어나서 처음 겪어보는 변덕스런 겨울 날씨였다.

"스승님?"

…….

일리시아, 자르만과의 대화가 끊긴지도 벌써 사흘 째였다.

딱 사흘 전, 장대비가 쏟아지던 그 무렵부터 끊긴 연락이었다.

사흘 이상 연락이 안 된 것은 지난번 이후로 두 번째였다.

물음에도 대답이 없고, 또 두 스승의 말이 들리지 않는 것으로 봐서는… 이번에도 교신 체계에 문제가 생긴 것이 틀림 없어 보였다.

　예감이 좋지 않았다.

　물론 그 예감의 끝에 무엇이 있을지는 알 수 없었지만, 기분이 썩 좋지 않은 게 사실이었다.

　예전에는 스승과 대화가 닿지 않아도, 보이지 않는 연결 고리가 닿아 있는 '특유의 느낌'이 확실히 존재했었다.

　말로 표현할 수는 없지만, 현성만이 느낄 수 있는 감각이 있었다.

　굳이 비유를 하자면 현성의 세계와 두 스승이 살고 있는 세계를 연결하고 있는 시공의 끈이 닿아 있는 느낌이었다.

　하나 지금은 아니었다.

　완벽하게 단절된 느낌.

　그러니까 두 스승을 만나기 전, 홀로 살아가던 그 시절의 느낌이었다.

　혼자가 된 느낌인 것이다.


　─게이트가 일시적으로 열리는 일이 발생했다. 천 년을 넘게 봉인되어 있던 게이트가 갑자기 알 수 없는 힘에 의해 개방된 게지. 그로 인해 네게로 통하는 시공의 고리에 간섭이 생겼고, 쌍방향의 교류가 되지 않았던 것이다.


　문득 자르만의 말이 생각났다.

그 말이 있었던 시점에 연쇄살인마, 그놈이 나타났었다.

현성은 자르만과 일리시아로부터, 차원과 게이트에 대한 자세한 설명을 듣길 원했었다.

일리시아는 시간을 좀 더 달라고 부탁했었고, 그 부탁 이후에 이렇다 할 답변을 얻지 못한 채 시간이 흘렀다.

중간에 자르만으로부터 열심히 마법을 전수받을 때도 일리시아는 부재중이었다.

기억을 되짚어 보니 거의 2주 이상, 일리시아와 대화조차 나눠보지 못한 현성이었다.

답답했다.

차라리 찾아갈 수라도 있는 곳에 두 사람이 있다면.

그게 지구 반대편이어도 비행기를 타고 날아가 만나보았을 것이다.

하지만 시공의 경계 저 너머에 살고 있는 스승님은 만날 수도, 볼 수도 없는 환상과도 같은 존재였다.

목소리만이 유일한 증거이자 대화 수단이었던 것이다.

"잠도 오지 않는군."

변덕스런 날씨 탓에 쉬이 잠도 오지 않았다.

현성은 이불을 박차고 일어나, 스탠드의 불을 켜고 탁자 위에 올려두었던 서류들을 살폈다.

이제 곧 개업 준비에 들어갈 일곱 개 분점에 대한 자료들이었다.

현성은 초기 단계부터 꼼꼼히 챙겨주고 있었다.

개업과 동시에 트러블 없이 재료를 싼값에 공급받을 수 있도록 유통사와도 충분한 협의를 끝내놓은 상태였다.

또한 현성의 레시피가 첨가되어야만 하는 찌개 재료들과 정화수에 대해서는 유사시에 정량 이상을 추가로 공급할 수 있도록 꾸준히 준비 중이었다.

이런 작업들은 현성의 매장, 그러니까 본점의 작은 건물 안에서는 할 수 없는 일들이었다.

그래서 대규모로 재료를 조리하고, 물을 정화시킬 수 있을 만한 소규모 작업장을 임대했다.

어차피 달리 공장식 작업 체계가 필요한 것이 아니라, 대량의 재료를 손볼 공간이 필요했기 때문에 무방했다.

대형 물탱크와 조리탱크만 있으면 충분했던 것이다.

그 와중에도 지방 곳곳에서 체인점 요청이 밀려들었지만, 현성은 정중하게 거절했다.

아직까진 지방의 먼 곳까지 재료가 이동할 동안, 매혹 마법이 첨가된 상태를 유지할 만큼의 마나가 부족했기 때문이다.

매혹 마법도 유지시간이라는 것이 있기 때문에, 시간이 지날수록 그 효과가 떨어지게 마련이었다.

이를 방지하기 위해서는 초기 단계에 매혹 마법을 다량으로 중복 시전하여 강도를 높여야 하는데, 자칫 잘못했다가는 단순한 요리 이상의 중독성이 생길 수 있었다.

음식을 '즐기는' 것과 맹목적으로 먹기만 하는 것은 전혀 다른 이야기다.

현성은 자신의 손님들이 전자의 경우에서 흔쾌히 내는 돈을 벌고 싶은 것이지, 후자의 경우에서 뭐에 홀린 것처럼 쏟아내는 돈을 벌고 싶은 것은 아니었다.

어쨌든 이런 제반 작업들이 착착 진행되어가고 있었다.

대화를 좋아하는 현성은 준비 과정에서 불안해하는 창업 예비자들의 마음을 달래주고, 한편으로는 부족해 보이는 점에 대한 피드백을 강력하게 요청했다.

창업 예비자라고는 해도 다들 다른 사업을 한 두 개씩은 해봤거나, 적어도 직원이나 매니저로서 경험은 해봤던 사람들이었다.

현성이 어린 나이에 사업을 시작하기는 했어도, 본인 역시 사업적인 수완에서는 충분한 만큼이나 부족한 부분도 있는 것이 사실이었다.

현성은 사람들로부터 부족한 부분에 대해 지적을 받거나, 수정을 요청받는 것을 고깝게 생각하지 않았다.

자유로운 대화의 분위기는 서로에 대한 신뢰를 깊게 만들었고, 현성의 프랜차이즈 사업은 초기 멤버들과 단합된 마음으로 첫 걸음을 내딛기 위해 힘찬 전진을 거듭하는 중이었다.

쏴아아아—쏴아아아아—

쿠르르르릉— 콰쾅! 콰쾅! 쾅!

번쩍! 번쩍! 번쩍번쩍!

"……."

시간이 흐를수록, 날씨는 더 궂어졌다.

주변의 환경에 흔들리지 않는 현성도 창밖에서 계속 요란한 천둥과 번개가 번갈아 이어지자, 창문을 열고 밖을 내다볼수밖에 없었다.

콸콸콸콸—

수 시간째 계속 된 장대비는 어느새 굵은 물줄기가 되어 저지대로 흘러내려가고 있었다.

가로등 아래로 보이는 하수도에서는 쉴 새 없이 물이 쏟아지는 소리가 들렸다.

언덕 너머로 보이는 아이들의 놀이터는 이미 물 천지가 된지 오래였다.

현성은 TV를 켰다.

단시간에 이렇게 엄청난 양의 비를 쏟아낸 것은 지난 여름태풍이 올라왔을 때를 빼고는 없었던 것 같았다.

아니, 그 이상이었다.


속보입니다. 현재 경기권을 중심으로 강하게 발달한 비구름이계속해서 폭우를 쏟아내고 있는 상황입니다. 포천 일대에는 1시간 동안 150mm가 넘는 기록적인 폭우가 쏟아졌으며, 호우경보가 일찌감치 발령된 상태입니다. 비구름은 더 두껍게 발달되고 있어, 지속적인 폭우가 예상됩니다. 기상청은 호우 경보를 중부 전역으로 확대하고 24시간 대기 상태에 들어갔습니다. 시민 여러분들의 각별한 주의가 필요합니다.

불과 저녁에 있었던 날씨 예보만 해도 화창하되 다소 바람이 추운 그런 날씨가 될 것이라 예측한 기상 예보였다.

반나절도 채 되지 않아 상황이 뒤바뀐 것이다.

모르긴 몰라도 기상청에 항의 전화가 빗발치듯 폭주할 것은 불 보듯 뻔한 일이었다.

"음⋯⋯."

점점 굵어지는 빗줄기를 보니 걱정이 앞섰다.

폭우는 필연적으로 홍수와 수해를 유발하고, 이는 고스란히 인재(人災)로 이어진다.

왠지 아무 일 없이 지나갈 것 같지 않은 새벽이었다.

하루 내내 빗줄기는 계속 쏟아졌다.

그나마 다행이었던 것은 아침이 되면서 소강 상태에 들어갔던 폭우가 점심 무렵에 완전히 그쳤다는 것이었다.

때 아닌 겨울의 물난리가 되지 않을까 걱정했던 사람들은 산발적인 국지성 호우 약간을 제외하고는 더 이상의 비 소식은 없을 것이라는 기상청의 저녁 예보를 반가이 받아들였다.

새벽 내내 비를 쏟아내던 하늘은 언제 그랬냐는 듯이 맑아졌고, 예보는 맞는 것처럼 보였다.

하지만 밤이 되자, 이번에는 어제보다 더 이른 시간에 폭우가 시작됐다.

정말 귀신이 곡할 노릇이었다.

현성이 두 눈으로 보고 있기에 더욱 그러했다.

혹시나 하는 마음에 하늘을 보고 있던 현성은 어디선가 순식간에 몰려온 먹구름이 천둥번개와 함께 비를 쏟아내는 것을 두 눈으로 똑똑히 보고 있었다.

마치 빨리 감기를 하고 보는 것 같은 느낌이었다.

"스승님. 스승님? 안 들리십니까?"

…….

혹시나 하는 마음에 말을 걸어보았지만, 여전히 묵묵부답.

이렇게 되면 나흘째였다.

도대체 무슨 일이 있는 걸까?

현성의 걱정은 더 깊어졌다.

스승에 대한 걱정만큼이나 당장 눈앞에 보이는 날씨도 걱정이었다.

이대로라면 곧 무슨 일이든 터질 것 같았다.

*　　　*　　　*

"안 되겠다. 느낌이 너무 안 좋아."

이제는 앞이 안 보일 정도로 폭우가 쏟아지고 있었다.

이 정도면 폭우라는 말보다 차라리 그냥 물이 쏟아지고 있다는 표현이 맞을 정도였다.

현성은 대충 옷을 챙겨 입고는 우비를 두 겹으로 겹쳤다.

이런 날에는 우산도 무의미하다.

바람까지 불고 있는 마당이라 우산을 써봤자 부러지거나, 비를 쫄딱 맞거나였다.


긴급 속보입니다. 여주, 이천 일대에 시간당 120mm가 넘는 폭우가 집중되면서 인근의 강물이 범람하고, 저지대의 침수가 시작되고 있는 상황입니다. 소방 당국은 긴급히 인력을 투입하여 구조 작업에 나서고 있으나, 도로까지 유입된 물과 토사들로 인해 진입에 곤란을 겪고 있는 상황입니다.


켜 놓은 티비에서는 연신 속보가 이어졌다.

어제 대부분의 속보들이 집중 된 폭우에 대한 보도였다면, 오늘부터는 홍수로 인한 침수, 그리고 인명 피해에 대한 보도가 주를 이루고 있었다.

"일단 나가자."

현성은 티비를 껐다.

정해진 목적지는 없었다.

하지만 이 정도의 엄청난 비라면, 그리 멀리 가지 않아도 자신의 힘이 필요한 상황을 만날 수 있을 것 같았다.

첨벙첨벙! 첨벙첨벙!

"꺄아아악—!"

"어이쿠!"

골목부터 이미 아수라장이었다.

경사진 언덕길임에도 불구하고, 위에서 계속 내려오는 물로 인해 평평하거나 살짝 패인 구간에는 발이 첨벙거릴 정도로 물이 차고 있었다.

예상대로 우산은 무용지물이었다.

비바람을 뚫고 올라가던 여성은 순식간에 날아간 우산에 비명을 내질렀다.

옆에서 함께 길을 올라가던 중년의 남성도 마찬가지였다.

"차라리 뛰어가시는 게 빠를 겁니다. 옷 갈아입을 생각 하시고, 바로 뛰세요. 이런 날씨에는 우산이 오히려 방해가 됩니다."

현성이 날아간 우산을 두 사람에게 쥐어주며 말했다.

이미 여성과 중년의 남성 모두 얼굴 한가득 물 범벅이 된 상태였다.

더 잃을 것도 없다고 생각했는지, 두 사람은 고개를 끄덕이고는 뒤도 돌아보지 않고 달리기 시작했다.

"음……."

현성은 잠시 주변을 살폈다.

자신의 손길이 필요할 만한 곳이 어디가 있을까.

생각난 곳이 있었다.

하천 일대였다.

평소에는 제방과 둑으로 물길이 잘 잡혀 있어 문제가 없겠
지만, 지금처럼 폭우가 계속되면서 수량이 불어나기 시작하
면 가장 먼저 위험지대가 될 장소였다.

현성은 바로 방향을 잡았다.

파앗—!

그리고 순식간에 스캐닝을 거친 뒤, 텔레포트 마법을 시전
했다.

파앗—!

다시 재조합된 공간.

현성이 도착한 곳은 다닥다닥하게 연립주택이 늘어서 있
는 주택가였다.

현성이 생각하는 하천지대까지 가려면 1km 정도는 더 가
야 했다.

하지만 현성이 바로 마주한 상황만으로도 다른 곳으로 갈
필요가 없어졌다.

콸콸콸콸! 콸콸콸!

이미 한계수량을 벗어난 하수도에서는 물이 역류하고 있

었다.

길을 따라 보이는 맨홀 위로 끊임없이 물이 솟구치고 있었다.

지대가 낮다 보니 역류하는 물과 주변에서 흘러오는 물들이 한데 뒤섞여, 빠르게 수위가 오르고 있었다.

"도대체 이게 무슨 일이여! 아이고ㅡ!"

가장 첫 번째로 피해를 입는 사람은 바로 반 지하에 살던 사람이었다.

중년의 여성 한 명이 잠옷바람으로 뛰쳐나왔다.

현성의 시선을 돌리니 이미 차오르기 시작한 물이 주택의 정문을 타고 지하로 스며들고 있었다.

"급하게 챙기셔야 할 것은요?"

현성이 물었다.

지금 이 상황에서 집안의 살림살이를 다 가지고 나오거나 할 수는 없다.

"아이고……! 안방에! 안방에 검은 가방이 있어! 거기 지갑이랑 통장이랑 다 있는데… 다른 건 몰라도 그건 안 돼! 좀 가져다 줄 수 있겠어, 총각?"

"예, 옆집에도 사람이 있나요?"

"할머니! 그래, 김 할머니가 있어! 저 봐봐, 불도 켜 있잖어! 이봐요, 할머니ㅡ! 뭐하고 있어요! 물이 차고 있잖아요ㅡ! 김 할머니!"

"제가 가볼게요. 119에 신고해 주세요. 이대로 가다간 근처가 전부 잠기겠어요."

"알았어, 아이고… 이게 무슨 난리야……. 아이고오……."

중년의 여성은 이미 반쯤 넋이 나간 표정이었다.

그럴 수밖에 없었다.

방금 전까지 누워서 잠을 청하던 자신의 집으로 이미 물이 차고 있기 때문이다.

첨벙! 첨벙!

현성은 한달음에 지하로 뛰어내려가, 반쯤 문이 열린 집 안으로 들어섰다.

이미 누전(漏電) 때문에 불이 다 꺼진 상태였다.

"파이어 볼."

현성은 바로 파이어 볼 마법을 캐스팅했다.

그러자 환한 불길이 타오르며, 주변을 밝게 비추었다.

굳이 공격 용도로 쓰지 않더라도, 파이어 볼은 횃불처럼 사용하기에도 용이했다.

첨벙, 첨벙.

이미 물바다가 된 집안을 가로지르니 안방이 보였다.

그리고 가방이 눈에 들어왔다.

현성은 바로 가방을 움켜쥐고는 밖으로 달려 나왔다.

이번에는 옆집을 볼 차례였다.

쿵쿵쿵! 쿵쿵쿵!

"계십니까? 계세요?"

밖에서 봤을 때도, 집 안의 불은 환하게 켜 있었다.

사람이 분명 있는 것이다.

그러나 들려오는 대답은 없었다.

이미 차오르기 시작한 물은 문 틈새를 타고 스며들고 있었다.

"계십니까?"

쿵쿵쿵! 쿵쿵쿵! 쿵쿵쿵!

현성이 재차 문을 두드렸지만 여전히 묵묵부답.

"블링크!"

지체할 것 없이 블링크 마법을 시전했다.

만약을 위해 아껴놓을 생각이었지만, 지금은 앞뒤 생각할 겨를이 없었다.

팟―!

바로 넘어온 집 안.

유일하게 불이 켜 있는 방이 보였다.

그리고 그 안에서 연신 기침을 반복하며, 힘겹게 몸을 일으키고 있는 할머니가 보였다.

"할머니!"

"콜록… 콜록… 어구구, 몸이야……. 콜록콜록. 이게, 이게 무슨 일인가……."

"괜찮으세요?"

"몸이 불덩이 같은데… 콜록콜록."

심한 감기 같아 보였다.

거동이 불편해 보였다.

"업히세요. 제가 밖으로 모실게요. 지금 비가 계속해서 쏟아지고 있어요. 곧 물에 잠길지도 모릅니다. 챙기셔야 할 것 있으신가요? 제가 챙겨드릴게요."

"괜찮어…… 몸만 성하면 돼……."

"알겠습니다."

현성이 바로 할머니를 등에 업었다.

김 할머니의 말대로 온몸이 불덩이였다.

현성은 일단 안전한 곳으로 움직이기로 했다.

철컥— 쿵!

자연스레 문을 열고, 밖으로 나섰다.

"내가… 문단속을 안했었구먼. 다행인 겐가……. 고마우이, 총각."

블링크 마법으로 집 안으로 들어온 것을 알 리 없는 할머니는 자신이 문을 잠그지 않은 줄 알고, 도리어 안도의 한숨을 내쉬었다.

현성은 대답 대신 할머니를 더 꽉 업어서는 한달음에 두 층을 더 올라갔다.

비가 쏟아지고 있는 마당에 마냥 밖에서 있게 할 수도 없었다.

"할머니, 잠시만요."

"그려……."

현성은 다시 지하로 내려왔다.

비바람이 부는 마당에 겨울이다 보니, 공기가 더욱 찼다.

할머니의 방에서 아직 젖지 않은 이불 몇 개를 발견한 현성은 바로 들고 올라온 뒤, 할머니의 온몸을 충분히 덮을 수 있도록 만들어주었다.

"신고 하셨습니까?"

"했어! 아이고오……. 이게 진짜 무슨 일이래. 그것보다 총각, 지금 물이 다 차고 있는데……. 다른 쪽도 도울 수 있겠어? 내가 김 할머니를 보고 있을 테니깐……."

"예, 알겠습니다."

"어이구, 할머니! 몸이 왜 이리 불덩이여요ㅡ!'

중년의 여인과 김 할머니는 안면이 있어보였다.

다행이었다.

옆에 챙겨줄 사람이 있다면, 안심이었다.

현성은 바로 방향을 다른 주택가로 잡았다.

구조와 도움의 연속이었다.

기습적인 폭우와 홍수로 동시다발적으로 하천이 범람하는 바람에 이런 저지대의 주택가는 줄줄이 아수라장으로 변해가고 있었다.

현성은 우선순위를 확실하게 잡았다.

전부 도움을 줄 수는 없었다.

우선 지하에 살고 있는 사람들을 도왔다.

사람을 구하고, 그리고 최대한 챙겨두어야 할 귀중품들을 가져다 주었다.

난리가 난 마당에 누전까지 되니, 깜깜해진 집 안에서 필요한 물건을 찾지 못하는 것은 당연한 일.

현성은 침착하게 사람들의 말을 듣고, 필요로 하는 것들을 가져다 주었다.

얼마 뒤.

사이렌 소리와 함께 소방차와 구급차들이 도착했다.

신고가 잘 이루어진 모양이었다.

*      *      *

현성은 하천 일대로 향했다.

하천에서 꽤 먼 곳에 있는 주택가에도 물이 차오르기 시작했다면, 그 주변은 안 봐도 상황이 뻔했다.

빗줄기는 여전했다.

한 치 앞도 내다보기 힘들 정도로 쏟아지는 장대비는 정말 '미쳤다'는 말이 어울릴 정도였다.

가깝고 멀고 할 것 없이 사방에서 앰뷸런스 소리와 소방차의 사이렌 소리가 뒤섞여 들렸다.

경찰차들이 긴급히 어디론가 향하는 모습도 눈에 들어왔다.

상당히 많은 수의 경찰차들이 한 번에 이동하고 있었는데, 소방차나 구급차들이 움직이는 방향과는 다른 쪽으로 가는 모습이었다.

경찰차에 시선을 빼앗겼던 현성이 다시 시선을 돌렸다.

그리고 지체 없이 텔레포트 마법을 시전했다.


"도와주세요ー! 도와주세요ー! 아버지가ー! 아버지가ー! 제발요!"

현성이 텔레포트 마법으로 도착하자마자 들려온 것은 소녀의 절규에 가까운 목소리였다.

상황은 심각했다.

하천 주변의 도로는 물바다였다.

도로가 아니라 하천의 연장선상이라고 해도 무방할 정도였다.

여자아이는 자동차 위에서 멀어져가는 무언가를 가리키며, 애타게 소리치고 있었다.

"하……."

이 정도면 거의 재난 수준이었다.

벌써 물 위로 둥둥 떠다니고 있는 차들만 해도 수 십대가 넘었다.

소녀 역시 위태로운 상황이었다.

시야를 좀 더 넓히자, 소녀의 말대로 급류에 휩쓸려 떠밀려 내려가고 있는 남자가 보였다. 저 사람이 아버지일 것 같았다.

현성은 빠르게 시선을 돌렸다.

소녀도 구하고, 아버지도 구해야 했다.

이대로 두었다가는 아버지를 구해도, 소녀가 급류에 휩쓸릴 판.

현성은 바로 인비저블 마법을 시전했다.

그리고 신속하게 거리를 계산, 블링크를 연이어 시전하며 순식간에 소녀가 있는 차 위까지 도착했다.

쿠웅— 쿠웅—

"꺄악!"

급류에 휩쓸려 떠내려온 나뭇가지와 정체불명의 쓰레기들이 계속 차를 밀쳐내고 있었다.

여기서 물이 좀 더 차오르면, 자동차도 통째로 떠내려갈 듯한 느낌이었다.

획!

현성은 소녀의 허리를 꽉 붙잡은 뒤 어깨에 들쳐 업었다.

"아아악!"

"당황하지 마. 괜찮아. 아버지도 구해줄게."

"뭐, 뭐에요?"

아무것도 보이지 않는 허공으로 붕 떠있으니 놀라는 것은 당연했다.

하지만 워낙에 쉴 새 없이 비가 쏟아지고 있고, 경황이 없다보니 심각하게 받아들이지 않는 것 같았다.

파앗—!

현성이 헤이스트 마법을 전개하며, 동시에 플라잉 마법을 연이어 전개했다.

그러자 현성과 소녀의 몸이 포물선을 그리며 단숨에 20m가 넘는 거리를 날아갔다.

몇 십 미터 차이지만, 이 정도만 해도 물의 수위가 달랐다.

"최대한 힘이 닿는 대로 멀리 나가 있어. 아버지를 찾으러 갈게."

"아버지, 아버지를 꼭 구해주세요! 꼭, 제발, 아버지를 꼭 구해주세요! 부탁드려요!"

"걱정 마."

현성이 소녀를 안심시켰다.

소녀는 자신이 누구에게 말하고 있는지도 모른 채, 연신 고개를 꾸벅거리기만 했다.

지체할 시간이 없었다.

이왕이면 자신의 모습이 드러나지 않게 하고 싶었다.

어둠이 짙게 깔린 새벽이라고는 해도, 자신의 이능력을 보란 듯이 광고하고 싶지는 않았다.

복면도 챙겨 나오지 않은 덕분에 고스란히 얼굴도 드러나는 상황이었다.

투타타타타탁! 파앗—! 파앗—!

헤이스트와 플라잉 마법의 조화는 환상적이었다.

현성은 단숨에 수십 미터를 날아갔다.

중간 중간 떠다니고 있거나 주인을 잃은 채 세워져 있는 자동차들이 징검다리였다.

팟! 팟! 팟!

쉴 틈은 없었다.

블링크 마법을 연이어 시전하자, 소녀와의 거리는 더욱 멀어졌다.

그리고.

"크으으으으윽! 어푸! 어푸푸푸!"

"아!"

보였다.

떠내려가던 남자의 모습이 어딘가에 멈춰있었다.

"아아악, 제발—! 연희야!"

남자는 필사적으로 소리치고 있었다.

도와줄 수 있는 사람이 없다는 것을 알기에 죽을힘을 다해 버티고 있었다.

그는 기적적으로 떠내려가던 도중에 손끝에 걸린 나무뿌리를 붙잡고 있었다.

아직 물길에 휩쓸려 나가지 않은 나무의 뿌리가 홍수로 인해 흙이 떠내려가면서 드러난 것이다.

엄청난 격류의 흐름을 버텨내고 있을 정도면 초인적인 힘이라 해도 무방할 정도였다.

현성은 재빨리 스캐닝을 이어갔다.

헤이스트 마법으로 물 위를 건너갈 수는 없었고, 플라잉 마법은 재사용을 위한 대기시간이 필요했다.

지금은 1분, 아니 1초도 급한 상황이었다.

"텔레포트!"

스캐닝으로 포착된 지점은 안전했다.

아직 물길이 닿지 않은 지점이었다.

파앗―

현성의 위치가 순식간에 바뀌었다.

그리고 남자의 옆에서 현성의 모습이 나타났다.

워낙에 물살이 빠르기 때문에 어설프게 잡았다가는 남자를 놓치거나, 현성까지 함께 떠내려 갈 가능성이 있었다.

현성은 헤이스트 마법을 언제든 시전할 수 있도록 캐스팅 상태를 유지한 채, 바로 손을 뻗었다.

"잡으세요!"

"아아―! 어푸! 어푸푸!"

"시간이 없습니다!"

현성이 손을 더 깊게 뻗었다.

하지만 남자는 쉽게 손을 현성에게 건네지 못했다.

여기서 한 손을 떼기만 해도 휩쓸려 내려갈 것 같은 불안함 때문이었다.

현성도 그런 남자의 불안함을 빠르게 판단했다.

"그럼, 실례하겠습니다!"

홱!

현성이 남자의 한쪽 팔과 머리를 꽉 움켜쥐었다.

나머지 팔을 잡기 위해 손을 뻗으면, 현성의 무게중심이 지나치게 앞으로 쏠려 뒤로 힘을 실을 수가 없었다.

"후우."

잠깐의 심호흡.

동시에 현성이 헤이스트 마법을 이용해 하체에 힘을 가득 실은 뒤, 무게 중심을 뒤로 실었다.

쑤욱! 홱!

뒤로 '들어 날린다' 는 표현이 어울리게 현성이 남자의 몸을 잡아당겨, 그대로 자신의 뒤로 날렸다.

콰직! 콰지직!

우두두둑! 뚝!

"…후우."

불과 몇 초의 차이를 두고, 방금 전까지 남자가 움켜쥐고 있던 나무뿌리와 밑동이 그대로 물살에 휩쓸려 반 토막이 나 사라졌다.

조금만 지체했어도 위험했을 상황이었다.

"쿨럭! 쿨럭!"

남자는 연신 기침을 토해냈다.

경황이 없는 와중에 입과 코로 들어간 흙탕물하며, 몸 여기 저기를 부딪히고 지나간 것들이 수도 없이 많았다.

"하악. 하악. 하악. 하악."

남자는 고마움을 표현할 겨를도 없이 가쁜 숨을 몰아쉬었 다.

샤아아아아―

현성은 남자의 복부와 가슴 언저리에 양 손을 얹고, 힐을 시전했다.

지금은 즉각적인 회복이 필요해 보였다.

몸 여기저기에 난 생채기와 피투성이가 된 얼굴은 그가 얼 마나 죽을힘을 다해 버텼는지 보여주고 있었다.

"연희야⋯⋯. 하아⋯ 연희⋯⋯."

"따님은 안전합니다. 괜찮아요."

힐 마법을 통해 계속해서 마나의 기운이 흘러들어가자, 남 자의 가쁜 숨도 점점 잦아들었다.

가장 먼저 걱정되는 것은 자신의 안전이 아닌 딸의 안전인 것 같았다.

이것이 아버지의 마음인 걸까.

부성애(父性愛).

현성은 가슴 한 켠이 찡해오는 것을 느꼈다.

샤아아아— 샤아아아—

힐이 계속해서 시전되고, 기운이 흡수될 때마다 남자의 혈색도 점점 좋아졌다.

얼굴을 타고 흐르던 피도 멈췄고, 탈진 상태에 가깝던 남자의 상태도 호전됐다.

이제 남자를 소녀에게 데려다 줄 차례였다.

"고맙습니다. 정말…… 고맙습니다. 덕분에 목숨을 건졌습니다. 정말 고맙습니다."

남자가 몸을 일으키며, 눈을 뜨려 하고 있었다.

팟—

현성이 바로 인비저블 마법을 시전했다.

조금이라도 빨리 사랑하는 딸 옆에 데려다주기 위해서는 지체할 시간이 없었다.

"잠시만… 편하게 기다리세요."

"…예?"

우우우웅!

남자가 주변의 변화를 파악하기도 전에.

순식간에 현성과 등에 업힌 그의 몸이 하천 너머의 반대편 지점으로 이동했다.

현성은 그 상태로 헤이스트 마법을 전개하여, 최대한으로 가속했다.

그러자 고지대로 이동하여 급류의 위험을 피하고 있는 소녀의 모습이 보였다.

쉬이이이이―

바람을 가르는 파공음과 함께 소녀의 곁에 도착한 현성은 조심스럽게 그를 앞에 내려다 놓았다.

"아, 아버지! 아버지!"

"여, 연희냐……? 연희구나! 아아아아, 정말 감사합니다. 정말… 어디 가신 겁니까? 정말 감사합니다!"

정신을 차리고 남자와 소녀가 주변을 둘러봤을 땐, 아무도 없었다.

부녀의 감격스런 재회 앞에서 현성은 조용히, 보이지 않는 곳으로 물러나 있었다.

부녀는 한참을 서로를 끌어안고 흐느끼며 울었다.

죽다 살아난 아버지와 아버지를 잃을까 두려움에 떨었던 어린 딸의 가슴 뜨거운 교감이었다.

뿌듯함이 느껴졌다.

한편으론 더 많은 걱정이 밀려들었다.

지금의 일은 빙산의 일각에 불과할 뿐이었다.

얼마나 더 많은 곳에서 비슷한 일이 벌어지고 있을까.

지체할 시간이 없었다.

현성은 다른 쪽으로 시선을 돌렸다.

도움이 필요한 곳이 있다면, 어디로든 가야 했다.

현성의 구조 활동은 계속됐다.

불행 중 다행인지, 방금 전 부녀의 일처럼 급류에 휩쓸려 내려가는 사람들은 없어 보였다.

하지만 위태롭게 반쯤 잠겨 있는 차들을 자세히 살펴보니, 아직 빠져나오지 못한 사람들이 상당했다.

현성은 카피 마법을 이용해 다른 사람의 모습으로 변하여 구조 활동을 하거나, 인비저블 마법을 적절하게 이용해 사람들을 구했다.

부득이하게 두 마법을 모두 쓸 수 없는 상황에는 상대가 눈치 채지 못하도록 신속하게 구출했다.

매 상황마다 얼굴이 노출되지 않도록 신경 써야 하는 것도 보통 일은 아니었지만, 그래도 현성은 사람들이 자신의 모습을 아는 것보다는 모르는 것이 더 도움이 되리라 생각했다.

그 생각은 예전부터 변함없었다.

밤새 위기에서 구해낸 사람만 수십 명이 넘었다.

자잘하게 도움을 준 것까지 합치면 수백 명을 육박할 정도였다.

당시에는 경황이 없어 상황을 판단하지 못했던 사람들은 시간이 지나고 안정을 찾으면서, 자신을 도와준 의문의 사내에 대한 궁금증을 갖기 시작했다.

하지만 어느 누구도 그 남자가 어떻게 생겼는지, 어떤 사람인지 기억하지 못했다.

마법을 사용한 사실을 알 리 없는 사람들은 경황이 없어 얼굴을 잊어버렸나 생각할 뿐이었다.

\* \* \*

기상 관측 이래 최대의 폭우.

중부 지방 전역을 긴급 재난 관리 구역으로 선포.

동원 가능한 구조, 지원, 복구 인력 총동원.

매스컴과 방송사에선 쉴 새 없이 이번 이상 폭우에 대한 보도를 쏟아냈다.

사람들이 느끼고 체감한 대로.

또 현성이 보고 느낀 대로.

정말 전대미문이라고 해도 무방할 정도의 재앙이었다.

안전지대로 생각했던 현성의 상권 일대에도 인근의 산에서 일어난 산사태로 인해 토사물이 흘러들어오는 일이 발생했다.

침수라던가 인명 피해를 입힐 만한 일은 발생하지 않았지만, 아침에 현성이 서둘러 매장에 출근하니 그 앞이 온통 흙덩어리 천지였다.

차라리 이 정도는 약과였다.

뉴스를 통해 보도되는 영상들은 보기만 해도 섬뜩한 광경의 연속이었다.

불과 어제까지만 해도 사람들이 살았고, 자동차가 지나다니던 곳은 하천이나 강의 일부분이 되었다.

혹은 흙으로 뒤덮여 무엇이 있었는지조차 알 수 없는 공터가 되어버렸다.

각지에서 이재민이 발생했다.

부상자와 사망자, 그리고 급류에 휩쓸려 종적을 감춘 실종자도 수도 없이 많았다.

현성의 손길이 안 닿은 곳은 재앙의 연속이었다.

그나마 현성이 밤을 새워가며 수많은 사람들을 구출한 것이 천만다행이었다.

유독 인명피해가 적은 곳이 있다 보니, 자연스레 언론의 관심도 몰렸다.

구조대에 의해 이후 구출되거나, 치료를 받던 사람들이 한결같이 말하는 사람이 있었기 때문이다.

공통점은 빗속을 뚫고, 불가능할 것 같은 거리를 어느새 따라와 자신을 구해준 사람이 있었지만, 그 사람의 얼굴이 기억나지 않는다는 것이었다.

하지만 명확한 실체를 알 수 없기 때문일까?

언론에서는 잠시 '의문의 인물'에 대한 내용을 다루다가, 다시 이슈가 쏟아져 나오는 속보 쪽으로 관심을 돌렸다.

현성은 매장 주변의 복구 작업에 힘을 쏟았다.

인명피해가 없는 것은 천만 다행이었다.

하지만 여기저기 쏟아져 들어온 토사물들의 양이 꽤 되어, 걷어내는 것 자체가 일이었다.

게다가 여전히 비는 내리고 있었다.

지난 새벽보다는 반의 반 이상으로 줄어든 강수량이었지만, 약해진 지반이 무너질 때마다 산에서는 다량의 토사들이 아래로 흘러내려왔다.

현성은 대로변에 미리 플랜카드를 붙였다.

지금은 매장의 영업보다 상권 내에서 함께하고 있는 동료 상인들 모두가 정상 생활로 돌아오는 것이 중요했기 때문이다.


따뜻한 뚝배기 한 그릇 본점의 영업을 이틀간 중단합니다. 저희 본점의 모든 직원은 이틀간 영업을 중단하고, 모든 힘을 복구를 위한 지원 작업에 쏟겠습니다. 부디 손님들의 너그러운 양해를 부탁드립니다.


SNS와 플랜카드를 통해 공지된 현성의 결정은 많은 사람들의 박수를 받았다.

SNS의 입소문은 빠르게 퍼져 나갔다.

덩달아 '따뜻한 뚝배기 한 그릇' 브랜드의 이미지까지 상 승하면서, 곧 창업을 예정중인 예비 점주들의 입가에도 웃음 이 감돌았다.

심각한 상황과는 맞지 않는 아이러니한 일이었지만, 어쨌 든 선한 의도가 좋은 결과를 낳은 것은 사실이었다.

현성은 직원들에게 일당은 확실하게 지급하는 한편, 현성 이 매장 문을 닫으면서까지 사람들을 도우려는 이유를 확실 하게 인식시켰다.

상화를 포함한 직원들 모두 현성의 의견에 공감했다.

당장에 어지간한 상가 건물들이 다 밀려 들어온 토사물들 로 곤혹을 겪고 있는 마당에 보란 듯이 문을 열고 장사하는 것도 보기 좋은 모습은 아니었기 때문이다.

이런 현성의 결정이 기폭제가 되었는지, 상가 전체의 사람 들도 모두 도움의 손길을 뻗기 시작했다.

현성은 직접 팔을 걷어붙이고 복구 활동에 전념했다.

마법이 아닌 순수한 자신의 힘으로였다.

삽을 들고 밀려들어온 흙을 퍼내고, 흙이 묻은 물건들이나 유리를 차근차근 닦아냈다.

다행히 빗줄기는 점점 약해져 갔고, 이내 소강상태로 접어 들었다.

현성의 결정으로 촉발 된 도움 행렬은 순식간에 상권 전체, 그리고 주변 상권 너머로 퍼져 나갔다.

시기적절하게 방송사와 구조 단체 등에 쾌척한 복구 성금은 기폭제가 됐다.

복구 작업이 이틀째가 되어가던 무렵, 각 방송사에서 현성과의 인터뷰 요청이 쇄도했다.

떠오르는 사업가.

화제의 맛집의 오너.

복구를 위해 두 팔 걷어붙이고 직접 나선 젊은 청년.

다양한 타이틀을 달고 들어온 인터뷰 요청에 현성은 난색을 표했지만, 한편으로는 기회가 될 수도 있다는 생각에 거절하지 않았다.

좁게 보면 이제 막 시작 될 프랜차이즈 사업에 좋은 원동력이 될 것이고, 넓게 보면 자신의 모습을 보고 감명을 받거나 자극을 받은 사람들이 좀 더 선행에 나설 수 있겠다는 생각에서였다.


'지금 당장은 매장의 하루 매상에 일희일비 할 것이 아니라, 주변 상가들의 피해를 함께 나누고 도우며, 더 나아가 도움의 손길이 필요한 많은 사람들에게 보탬이 되고 싶은 마음뿐입니다. 할 수 있는 한 최선을 다해 도울 생각입니다. 저, 그리고 저희 직원들이 앞장서서 움직이겠습니다.'


현성의 인터뷰 내용은 사람들의 입소문을 타고 알려져 순식간에 유명세를 탔다.

'따뜻한 뚝배기 한 그릇'이라는 이름이 가지고 있는 인지도와 현성의 수려한 외모, 그리고 선행에 대한 소문이 한데 어우러져 만들어진 선순환의 효과였다.

그러다 보니 언론의 지나친 관심이 계속해서 이어졌다.

현성은 그쯤이면 충분하다 생각했고, 더 이상의 인터뷰에 응하지 않았다.

묵묵히 복구 작업을 돕고 싶었기 때문이다.

그렇게… 시간은 눈코 뜰 새 없이 바쁘게 흘러갔다.

복구 작업에는 밤도, 낮도 없었다.

＊　　　＊　　　＊

"후우……."

하루 종일 제대로 밥을 먹을 새도 없이 복구 작업에 전념하고 돌아온 현성은 지친 몸으로 거의 쓰러지다시피 침대에 드러누웠다.

오랜만에 느껴보는 피곤함이었다.

삑.

현성은 티비를 켰다.

능력껏 복구 작업을 도왔고.

아수라장 속에서 애타게 구원을 요청하던 사람들을 구출

했고.

또 필요한 곳에 빠르게 쓰일 수 있도록 복구 성금을 내기도
했지만.

여전히 많은 사람들이 피해를 입고 있을 것이 걱정됐기 때
문이었다.


새로운 소식입니다. 중부지방에 발생한 대규모 폭우 수해 소식
에 가려져, 경찰 당국이 쉬쉬해 온 사실이 공개 되었습니다.

안양 교도소에 복역 중이던 수감자 일부가 탈출했습니다. 소식
에 따르면 폭우로 인해 교도소 내부에서 누수(漏水)가 발생, 이를
보강하기 위해 수감자들을 격리하고 재수용하는 과정에서 정체
불명의 괴한들이 교도소를 습격하는 일이 발생했습니다. 그 과정
에서 교도관 일곱이 숨졌고, 스물일곱 명의 죄수들이 탈출했습니
다.

CCTV에 확보 된 영상에 따르면 교도소를 습격한 괴한 일행의
수는 겨우 셋에 불과했으나, 교도소 측에서는 이렇다 할 대응조
차 하지 못하고 보안이 뚫린 것으로 확인 됐습니다. 뒤늦게 출동
한 경찰 병력의 저지로 죄수들의 추가 탈출은 막았으나, 탈옥에
성공한 스물일곱의 죄수들은 여전히 행방이 묘연한 상황입니다.

정보에 따르면 탈출한 스물일곱의 죄수들은 모두 과거 수원,
안양권을 중심으로 활동하던 두목 김양철의 조직 '양철이파'의
일원인 것으로 알려져⋯⋯.

"……."

그 순간, 시간이 멈춰버린 것처럼 현성의 표정도 멈췄다.

갑작스레 닥친 천재지변으로 인해 세상의 모든 시선이 한 곳으로 쏠린 찰나.

죄수들의 대규모 탈옥이 발생한 것이다.

이번 폭우만큼이나 전대미문의 사건이었다.

무장을 한 교도소 경비 병력들이 삽시간에 제압당하고 죽임을 당한 것은 말도 안 되는 일이었다.

괴한 일행은 겨우 셋이라지 않는가.

일부 구역으로 통해 침입했다고 할지라도 맞닥뜨린 경비 전력은 수 배 이상일 터.

한데 대응할 새도 없이 끝났다는 것이다.

우연이라 하기엔 탈출한 자들의 신원도 확실했다.

양철이파 소속의 조직원들.

이건 앞뒤가 들어맞아도 너무 잘 들어맞는 조각의 연속이었다.

"…도대체 왜?"

어떤 방법으로, 무엇을 위해 이런 일을 벌였을까.

주체는 보지 않아도 뻔했다.

현성과의 일전 이후 종적을 감춘, 김양철의 행동이었을 것이다.

김양철과 두 명의 일행이… 대담하게 교도소를 노릴 만큼의 실력이 있었던 것일까?

아니면 내부에서 협조한 사람이 있을 수도 있었다.

어쨌든 결코 간과할 수 없는 일이었다.

매우 심각한 일이었다.

특히나 김양철이 어떤 사람인지 알고 있는 현성으로서는 더더욱 그러했다.

하지만 세간의 모든 관심을 한데 모아버린 이번 중부지방의 폭우는 김양철과 휘하의 조직원들이 충분히 도망치고 잠적할 만한 시간을 주고 말았다.

지금은 소 잃고 한참 지난 뒤에 외양간을 고치는 격이었다.

"좋지 않은 예감은 이것 때문이었나……?"

현성이 인상을 찌푸렸다.

기습 폭우가 끝나고 소강 및 복구 국면에 접어들게 되면서, 자연스레 언론의 보도들도 대규모 탈옥 사건에 집중되기 시작했다.

이미 교도소 당국을 포함한 경찰 전체가 질타의 대상이 되고 있었다.

"스승님?"

……

여전히 끊겨 있는 교신.

답은 없었다.

현성은 등골을 타고 기분 나쁘게 올라오는 소름에 입술을 깨물었다.

김양철과 마지막으로 만났을 때.

그가 남긴 말을 여전히 기억하고 있었기 때문이다.


다시 볼 날이 있을 거다. 지금은 아닌 것 같지만.


김양철의 말대로.

그날이 머지않을 것 같았다.

가슴속에 품은 앙금을 풀어내지 않은 마당에 순순히 물러날 녀석이라고는 생각하지 않았다.

"올 테면… 와라. 얼마든지."

현성이 두 주먹을 불끈 쥐었다.

도대체 김양철에게는 또 무슨 일이 있었던 걸까?

의문에 의문이 꼬리를 물었다.

하지만… 앵무새처럼 반복재생 되는 언론의 보도로는 얻을 수 있는 정보의 한계가 있었다.

7장
멈추지 않는 도전

양철이파 조직원들의 행방은 1주가 넘도록 오리무중이었다.

경찰은 대규모 전담팀을 꾸리고 그들의 뒤를 추적했지만, 종적은 묘연했다.

증발이라는 말이 어울릴 정도였다.

탈옥한 27명의 일원 중, 단 한 사람의 행적도 발견되지 않았다.

인원이 많을수록, 그중에 경계심이 부족한 누군가는 반드시 증거를 남기게 마련이다.

하지만 경찰은 아무 단서도 찾을 수 없었다.

가족 또는 지인들의 집 근처에서 하는 잠복수사도 전혀 소용이 없었다.

오죽했으면 연대가 있었던 조직들에 대해서도 조사를 펼칠 정도였다.

하지만 성과는 없었다.

김양철을 포함한 28명의 사람들은 완벽하게 자취를 감췄다.

이번만큼은 현성도 어떻게 손을 쓸 방법이 없었다.

작정하고 모습을 감춘 그들을 찾을 방법은 요원했다.

남은 것은 스스로 모습을 드러낼 때까지 기다리는 것뿐이었다.

현성은 자신과의 악연이 있는 만큼, 김양철이나 아래의 수하들이 언제고 자신의 매장이나 주변 상권을 노릴 가능성이 있다고 판단했다.

이미 감옥살이까지 한 마당에 두려운 것은 없을 터.

대낮에 칼부림이 일어나지 말란 법도 없었다.

현성은 좀 더 상황을 예의주시하며, 항상 긴장 상태를 유지하기로 했다.

그래야만 했다.


한편 11일째 끊긴 스승과의 교신은 여전히 불가능했다.

닷새 정도 될 때까지만 해도 어떤 급한 일이 생겼다거나,

교신상의 문제가 생겨 보완하는 과정일거라 생각했다.

하지만 열흘이 지나면서부터 이제는 상황이 심각하게 받아들여지기 시작했다.

아무리 문제가 생겼다 할지라도 이렇게 오랜 기간 연락이 끊길 리는 없었다.

아예 생각의 방향을 바꿔보기도 했다.

더 이상 가르침이 필요하지 않다고 판단해서, 혹은 흥미가 떨어져서 교신을 끊은 것은 아닐까?

그것도 말이 되지 않았다.

수십 년을 연구하여 어렵사리 이룬 결과물을… 쉽게 포기한다?

두 스승의 성격과 전혀 맞지 않는 일이었다.

결국 결론은 하나였다.

교신을 끊기게 만들고, 이를 복구조차 할 수 없게 만들 만한… 매우 중대한 일이 두 스승이 사는 대륙에 생긴 것이다.

그것이 전쟁일지, 아니면 예전에 말했던 마족의 재림인지는 알 수 없었다. 전혀 다른 이유일 수도 있었다.

한 가지 확실한 것은 어느 정도 마음을 비우고, 마이웨이를 해야 한다는 것이었다.

지금은 현성 자신이 알고 있는 대로, 배운 대로, 스스로 알맞게 써먹어야 했다.

도움을 줄 수 있는 사람은 없었다.

기댈 수 있는 것도 나 자신뿐이었다.

현성은 마음을 다잡았다.

지금까지 충분히 잘 해온 자신이었다.

이대로 흔들리지 않고 제 갈 길을 가다 보면, 언젠가 자연스레 스승들과의 연락도 닿을 것이다.


\*        \*        \*


한편 현성의 프랜차이즈 사업은 감격스런 첫 발을 내딛었다.

분점들이 비슷한 시기에 공사가 마무리 되었고, 모든 준비와 점검을 마친 뒤 오픈에 들어간 것이다.

현성의 개인 SNS 외에도 '따뜻한 뚝배기 한 그릇' 이라는 이름으로 개설한 도메인을 통해, 대대적으로 분점 홍보를 시작했다.

반응은 폭발적이었다.

맛을 보기 위해 멀리서 와야 했던 손님들은 자신이 사는 곳 근처에 분점이 생기자, 앞을 다투어 찾아갔다.

덕분에 본점의 매상이 약간 줄어들기도 했지만, 그 매상만큼, 아니 그 이상을 분점의 사장들이 가져갈 수 있다면 그것으로도 만족이었다.

게다가 분점들은 본점에 재료 공급에 대한 로열티와 가맹비를 지급하기 때문에, 현성으로서도 아쉬울 것이 없었다.

현성은 적극적으로 분점의 매출이 탄력을 받을 수 있도록 특별한 이벤트를 하기도 했다.

이번에 오픈한 따뜻한 뚝배기 한 그릇의 7개 분점에서 식사를 하신 뒤, 각 분점별로 도장 하나씩 7개를 받아오시면? 본점에서 특별히 제작한 찌개용 뚝배기를 드립니다! 한정 수량 1,000개입니다. 그 이후의 고객분들에게는 소진된 뚝배기 대신 4인분의 김치, 된장찌개를 드립니다.

따뜻한 뚝배기 한 그릇의 브랜드명이 새겨진 뚝배기.

별것 아닌 것 같아 보여도 반응은 매우 좋았다.

주문 제작한 특별 뚝배기에는 브랜드 마크와 함께 금빛 테두리가 둘러져 있었다.

이벤트와 맞물려 분점의 매상은 계속해서 상승 곡선을 그렸다.

그리고 본점과 다르지 않은 맛에 손님들도 하나둘 몰려들기 시작했다.

지역이 멀어 본점을 찾을 수 없던 손님들이 분점으로 오기 시작한 것이다.

자연스레 입소문은 더 퍼져 나갔다.

그리고 수해 당시 현성이 보였던 선행과 방송사와의 인터뷰, 이후 신문이나 잡지 등에 실린 기사들을 통해 탄력을 받았다.

'따뜻한 뚝배기 한 그릇'의 유명세는 계속해서 이어졌다.

분점들도 빠르게 자리를 잡았다.

본점 역시 입소문에 입소문을 타고, 새로이 찾아오는 손님들로 눈코 뜰 새 없이 바빴다.

적어도 매장 하나만 놓고 보면 즐겁고 행복한 날들의 연속이었다.

\*         \*         \*

프랜차이즈 사업이 순탄하게 별문제 없이 흘러가기 시작하자, 현성은 생각의 폭을 좀 더 넓혔다.

처음 계획했던 대로 프랜차이즈의 규모는 현재 상태를 유지할 생각이었다.

이유는 간단했다.

지금 정도의 수준이 현성이 관리할 수 있는 최대치였기 때문이다.

그 이상은 무리라고 생각했다.

현성 자신에게도 관리를 위한 경험과 노하우를 쌓을 시간이 필요했고, 지금이 적정선이었다.

이제 시간이 흐르고 본점과 분점 전체를 잡음 없이 관리할 만한 노하우가 생기고 나면, 그때부터 규모를 점점 늘려갈 생각이었다.

때문에 공식 홈페이지에도 '당분간 추가 프랜차이즈 가맹 문의는 받지 않습니다' 라는 제목의 글을 올려두기도 했다.

현성이 새로이 생각하기 시작한 사업 아이템은 바로 드림팀이었다.

첫 번째 사업이 어머니와 할머니로부터 물려받은 집안의 레시피를 이용해 시작한 사업이었다면, 두 번째 사업은 정반대였다.

각 분야에서 맛의 대가로 둘째가라면 서러울 사람들을 한데 모아, 다양한 맛 메뉴를 한데 집약시킨 매장을 만드는 것이다.

대상은 당연히 맛의 달인들이었다.

단, 조건이 달랐다.

이미 모든 여유가 충분해서 본인 소유의 안정적인 매장을 가지고 있거나, 프랜차이즈 사업을 이미 진행 중인 사람은 예외였다.

현성이 드림팀의 일원으로 함께하고 싶은 사람은 맛의 비법은 가지고 있으나, 재정적인 문제나 운영상의 문제로 그 맛을 제대로 이어갈 수 없는 사람들과 함께하는 것이었다.

현성은 그 사람들에게 기술과 자본, 그리고 영업할 수 있는 공간을 제공할 생각이었다.

물론 수익에 대한 로열티는 확실히 제공하고, 매장에서 발생하는 수익에 대한 분배도 하는 것이다. 아울러 자선 사업을 하는 것은 아닌 만큼, 현성 자신도 충분한 이득을 챙기는 방향으로 사업을 구상할 계획이었다.

*　　　*　　　*

"그러니까… 영세한 맛집이나, 점점 사라져가는 손맛을 찾고 싶다는 얘기잖아요?"

"그렇다고 할 수 있죠. 그래서 유미 씨의 도움을 받고 싶은데요."

"에이, 기브 앤 테이크는 해줘야죠! 내가 지난번에 그렇게 인터뷰 요청을 해달라고 애원했을 때는 거절했으면서, 필요할 때 도와달라고 하면 도와주겠어요? 흥이에요, 흥!"

"인터뷰? 하지요. 하하하. 맛의 비결이라든가 이런 질문만 아니라면, 충분히 답해주죠."

"정말요?"

"딜을 하자는 거죠. 유미 씨는 우리 매장과 나에 대한 인터뷰를 하고, 나는 유미 씨에게서 정보를 얻고."

"좋은 딜이네요. 저녁에 술 한잔 나누면서 생각 좀 해 볼까요?"

"얼마든지."

현성은 정유미라는 이름의 여인과 대화를 나누고 있었다.

그녀는 잡지사의 기자이면서, 동시에 포털 사이트 개인 블로그 순위에서 둘째가라면 서러울 파워 블로거이기도 했다.

수 많은 음식점들이 어떤 수를 써서라도 맛집 소개 방송이라든가, 드라마 촬영지 협조 등을 통해 유명세를 타려 하는 것처럼.

그녀에게도 여러 갈래로 '제안'이 들어오는 경우가 많았다.

그녀의 블로그를 고정적으로 방문하는 유저만 해도 하루에 수십 만에 달했고, 포스팅만 되면 자연스레 그 방문 유저들이 광고에 노출되게 되는 것이다.

때문에 그녀의 블로그는 공백이란 공백은 모두 광고가 채워져 있다고 해도 무방할 정도로, 다양한 배너들이 빈틈을 채우고 있었다.

어떻게 보면 잡지사 기자로서의 일이 더 수입도 적고, 일만 힘든 그런 직업이었지만… 그녀는 몇 배 이상의 부를 가져다주는 블로거 활동을 오히려 부수적인 것이라 생각했다.

그녀는 잡지사 기자를 천직이라 생각했다.

그래서 늘 열정적으로 인터뷰를 하고 취재를 하기 위해 발품을 팔고 다녔고, 그러다가 현성과도 지난 수해 당시 인연이 닿았던 것이다.

하지만 현성이 그녀의 애원에 가까운 요청에도 불구하고 인터뷰를 계속 거절하자 꿍해 있던 차에, 현성이 먼저 연락이 오자 투정 아닌 투정을 부려본 것이다.

어쨌든 현성과의 심층 인터뷰만 성공을 한다면, 충분히 특종감이었다.

지금까지 현성이 방송이나 신문사의 기자들과 나눴던 인터뷰들인 지극히 상투적인 것들이었다.

고객 만족을 위해 열심히 노력하고 있다, 맛으로 승부하겠다 등등… 정작 알맹이를 찾아볼라 하면 별것 없는 대화들이었다.

하지만 이번만큼은 현성의 필요에 의해, 또 그녀의 필요에 의해 적극적으로 인터뷰에 협조할 생각이었다.

그래야 그녀도 자신이 원하는 정보를 주고 협조를 하지 않겠는가?

*         *         *

"이런 분위기의 인터뷰도 나쁘지는 않네요. 카페는 너무 딱딱한 것 같고… 적당히 술 한잔 들어가야 진솔한 대화도 되고, 그렇잖아요?"

"우리가 소개팅을 하러 만난 건 아닌 거 같은데요."

"그러게요? 그래도 난 술자리가 좋아서요. 혹시 또 모르죠? 몇 잔 들어가면, 더 좋은 고급 정보가 나올지?"

정유미는 현성보다 일곱 살이 많았다.

올해로 스물아홉.

옛날 같았으면 혼기를 지났느니, 노처녀가 되었느니 했겠지만 이제는 시대가 바뀌었다.

스물아홉이면 여자의 매력이 한 단계 더 업그레이드되는 그런 시기였다.

사회적으로 어느 정도 성공을 거둔 여자라면, 모아둔 부를 바탕으로 자기를 가꾸는 시기이기도 했다.

정유미는 기자의 인터뷰 차림이라고 하기엔 꽤나 도발적인 옷을 입고 있었다.

허벅지 절반을 겨우 가릴 정도의 짧은 브라운 원피스에 살색 스타킹, 그리고 짙은 스모킹 화장에 붉은 빛이 가득 감도는 립스틱으로 한껏 치장한 모습이었다.

처음 인터뷰 요청이 들어왔을 때, 그녀가 먼저 던졌던 질문은 '사랑하는 사람이 있으신가요?' 였다.

지금 생각해 보면 꽤나 뜬금없는 질문이었다.

물론 현성은 대답해 주지 않았지만, 나중에 다른 직원들에게 몰래 묻고 물어 알아갔다는 이야기를 듣긴 했었다.

언뜻 보기에도 정유미는 자신에게 호감이 있는 듯해 보였다.

물론 현성은 정유미를 사업적인 파트너, 그러니까 앞으로
추진할 사업에 도움을 줄 좋은 동반자로 생각하고 있었다.

　호감이나 연애의 대상?

　아니었다.

　자신의 곁에서 항상 사랑을 속삭이는 귀엽고 예쁜 여자 친
구가 있지 않은가?

　정유미에게 파트너쉽 이상의 감정은 없었다.

　하지만 그녀는… 현성의 생각과는 다른 것 같았다.

　"약속대로 내가 먼저 물어봐도 되겠죠? 약속할게요. 충분
한 인터뷰가 되고 나면, 나도 아는 것을 다 알려줄게요. 그리
고 무리한 질문은 하지 않고요."

　"그렇게 해요. 필요 이상으로 깊숙하게 들어오는 질문은
노코멘트 하도록 하죠."

　"필요 이하인데도 노코멘트 하기는 없기에요?"

　"물론이죠."

　"일단 한 잔 해요."

　"미리 얘기해두지만 소주 한두 병으로는 소용없어요. 주량
이 되니까."

　"누가 취하려고 먹인대요? 흥."

　현성은 즐겨먹지만 않을 뿐, 주량은 상당했다.

　지금까지 술을 마셔오면서 취했던 기억은 단 한 번도 없었
다.

기분 좋은 알딸딸함을 느꼈던 정도?

그 정도가 가장 많이 취했던 적이었다.

당시 주량이 다섯 병 정도 되었었으니, 어지간한 사람들에 비해서 꽤나 잘 마시는 것은 사실이었다.


"비하인드 스토리가 듣고 싶어요. 창업을 하기 전까지… 우여곡절이 많았다고 들었어요. 힘든 시절도 있었구요. 그 시절에 대한 진솔한 얘기를 듣고 싶어요."

술 몇 잔이 오고 가고.

분위기가 적당히 무르익자 정유미가 질문을 건넸다.

그녀의 질문에 문득 바쁜 일상에 묻혀 잊고 있었던 옛 기억들이 떠올랐다.

전기세와 가스비를 낼 돈조차 없어, 차가운 입김이 혹혹 하고 불어 나오는 옥탑방에서 이불 두세 개를 뒤집어쓰고 자던 시절.

지금 생각해 보면 아련한 몇 년 전의 기억이지만, 되짚어 보면 눈시울이 붉어지는 힘든 시절의 기억이었다.

"이 얘기를 시작하려면 좀 더 예전으로 거슬러 올라가야 하죠. 고등학생이던 시절로……."

현성의 이야기가 시작됐다.

정유미는 옷매무새를 다듬은 채, 진지한 표정으로 현성의 이야기를 듣고, 받아 적기 시작했다.

기자로서 본연의 모습에 충실한 행동이었다.

현성도 자신의 치부(恥部)가 지나치게 드러나지 않는 선에서 진솔하게 대화를 시작, 그리고 이어갔다.

*　　　*　　　*

"…괜히 품에 끌어안고, 머리를 쓰다듬어주고 싶은데요. 듣고 나니 마음이 짠하기도 하고……."

"그렇게 받아들일 필요는 없어요. 다만 진솔하게 내 이야기를 털어놓은 만큼, 가감 없이 그대로 다뤄주길 바라죠. 있지 않은 이야기를 첨가한다거나, 날조를 하지 않았으면 합니다."

"물론이에요. 난 눈길을 끈답시고 자극적인 제목을 끼워 넣거나, 인터뷰에는 있지도 않은 내용들을 몰래 집어넣는 종자들을 가장 싫어해요. 그런 기자들이 관심 종자죠. 다른 데 그런 종자가 있는 게 아니에요."

현성이 그녀와 나눈 인터뷰에는 다양한 내용들이 있었다.

그중에서 특별히 더 많은 이야기를 한 부분은 바로 부모님의 죽음과 관련 된 이야기들이었다.

다단계 판매 업체.

그리고… 종적을 감춘 뺑소니 사고의 진범.

그러다 보니 자연스럽게 뺑소니 사고에서 목격자의 진술

로 확보된 차종에 대한 이야기도 나왔다.

거슬러 올라가면, 시간이 걸릴지는 몰라도 차의 주인으로 예상되는 인물의 윤곽이 나올 터.

만약 그녀의 기사가 독자들의 관심을 받으며 이슈로 떠오른다면, 자연스레 신정우라는 이름도 그 선상에 오르내리게 될 것이다.

물론… 그다지 크지 않은 규모의 잡지사가 이런 민감한 문제를 다룰 수 있을지는 의문이었다.

외압이 있을 수도 있었다.

하지만 상관없었다.

있으면 있는 대로, 없으면 없는 대로.

현성은 신정우에게 가볍게 잽을 날린 셈이었다.

분명히 때는 온다.

현성은 그렇게 생각했다.

언젠가 녀석에게 보란 듯이 죗값을 치를 기회를 만들어줄 수 있을 것이라 생각했다.

다만 지금은 아니었다.

좀 더 많은 마법과 더 강해진 힘, 그리고 상황을 뒤집지 못하도록 못 박을 만한 주변 인물들의 증언들이 필요했다.

시간이 필요한 것이다.

"그럼 이제 유미 씨의 이야기를 들어볼까요?"

현성이 자연스럽게 운을 뗐다.

정유미는 만족하는 표정이었다.

기자로서, 남들이 인터뷰에서 얻을 수 없었던 고급 소스를 얻은 것에 대한 기쁨도 섞여 있었다.

"그러죠. 자, 내가 뭘 도와주면 되죠? 말해봐요. 아는 대로 다 알려줄게요."

정유미가 입가에 미소를 머금은 채, 고개를 끄덕였다.

*     *     *

"이 할머니는 50년 넘게 옛날 손짜장만 해오신 할머니에요. 올해로 칠순이신데도 정정하시죠. 몇 년 전까지만 해도 장사도 꽤 잘 됐었어요. 그런데 할아버님께서 암 진단을 받은 이후로 정말 힘들어 지셨죠."

"음… 듣지 않아도 알 것 같아요."

"벌었던 돈 대부분이 전부 병원비로 들어갔고, 설상가상으로 자식이라는 년놈들이 등을 돌렸죠. 어느 누구 하나 직접 나서서 아버지를 돌보려고 하지 않다 보니, 그 고생을 전부 이 할머니가 하신 거죠."

"결국에는 매장도 넘어가버렸고?"

"그렇게 됐어요. 이 할머니는 재기를 하고 싶어 했죠. 얼마 전에 찾아가 뵈었을 때도 미련이 많이 남아 있으셨어요. 솔직히 자식들이 모은 돈만 십시일반해도, 이 할머니는 얼마든지

다시 시작하실 수 있어요. 그런데 자식들은 그것도 못하겠다는 거죠. 돈이 없다는 거예요. 있는 게 너무 뻔한데!"

정유미가 화가 치밀어 오른 듯, 목소리를 높였다.

그리고는 단숨에 물 한 컵을 들이켰다.

자신을 인터뷰 할 때만 해도 조용하고 차분했던 어조의 그녀였는데, 지금은 완전 다른 사람을 보는 기분이었다.

"그러면 지금은 혼자 살고 계신 건가요?"

"이 나이에 어디서 일을 하시기에는 너무 나이가 많으시고, 수입은 없으시고… 졸지에 기초생활 수급자 신세가 되신 거죠. 단칸방에서 겨우 살고 계세요. 생각하면 할수록 마음 아픈 일이죠."

정유미의 말대로 정말 가슴 아픈 일이었다.

현성이 찾는 사람도 바로 그런 분들이었다.

충분히 자부심을 가질 만한 손맛과 명예로운 시간들을 가지고 있지만, 지금은 그렇지 못한 사람들.

그런 분들을 한데 모아 팀을 꾸리고 싶었던 것이다.

"다른 분들의 이야기도 듣고 싶어요. 술값은 내가 내죠. 지금부터 마시는 술과 안주값도 내가 내구요."

"정말요? 나 대책 없이 많이 시켜먹을 수도 있어요?"

"얼마든지."

현성이 고개를 끄덕였다.

"여기요! 메뉴판 좀 갖다 주세요!"

정유미가 망설임 없이 직원을 불렀다.

그리고는 단숨에 소주 두 잔을 벌컥벌컥 들이켰다.

그녀 나름대로도 하고 싶은 이야기가 많았던 것 같았다.

의외의 모습이었다.

단순히 맛집에 대한 포스팅만 하고 소개하는 것을 전문으로 한다고 생각했는데, 그 이면에 있는 이야기들이나 상황에도 관심이 많은 것 같았다.

과거에 방문했었던 맛집을 다시 찾아가, 지금은 어떻게 돌아가고 있는지 확인해보기도 했던 것이다.

이 할머니의 이야기도 그렇게 다시 찾은 맛집이 문을 닫은 것을 보고, 수소문하며 찾아다닌 끝에 할머니를 만나 들은 이야기였다.

"치킨이랑 감자튀김 주시구요, 맥주 3000cc 하나요."

"예, 알겠습니다."

"그럼 본격적으로 이야기를 시작해볼까요, 현성 씨?"

"이미 그 쪽은 준비가 된 거 같은데요?"

"그러게요? 호호호. 얘기 끝나려면 아직 한참이에요. 잘 들으세요."

"얼마든지요."

"충남 서천에 가면……."

정유미의 이야기 보따리가 시작됐다.

마르지 않는 샘물처럼 그녀는 계속해서 다양한 사연을 가진 사람들의 이야기를 들려주었다.

그때마다 현성은 사람마다 처한 힘든 상황과 매정한 현실에 안타까워하며, 그녀의 이야기를 더욱 경청했다.

이야기는 밤을 새워 계속 됐다.

그리고 날이 밝을 무렵.

현성의 생각도 어느 정도 정리됐다.

"유미 씨, 내일 시간 비어요? 오늘은 자야할 것 같으니까, 힘들 것 같고."

"내일? 시간 있어요. 아무 일 없거든요. 취재 일정도 없고."

"그럼 내일 출발하죠. 어떤 분을 만나러 갈지는 그전에 미리 얘기해줄게요."

"좋아요. 오랜만에 인사도 드리고, 얘기도 나눠볼 수 있으니 나쁠 것 없죠."

정유미와의 약속도 바로 잡았다.

이미 추진하기로 마음먹은 마당에 망설일 것은 없었다.

맛의 드림팀(Dream Team)!

그 구성을 위한 첫걸음의 시작이었다.

\*     \*     \*

"현성 씨 차에요?"

"렌트했어요. 아직은 차를 살 생각이 없어서. 이렇게 장거리로 갈 일이 별로 없거든요."

"검소하시네요. 보통 남자들은 수중에 돈이 생기면 가장 먼저 생각나는 것이 차라면서요. 아니면 여자라던가?"

"보통 남자들이 아닌가 보죠?"

"그렇네? 호호호."

현성의 톡톡 쏘는 한마디.

정유미는 그런 현성의 화법이 마음에 들었는지, 자연스레 현성의 어깨를 툭툭 치면서 웃음을 터뜨렸다.

현성은 비즈니스 차원에서 그녀를 좋은 동반자로 생각하고 함께 가는 길이었지만, 그녀는 왠지 데이트를 하듯 들뜬 것 같았다.

옷차림은 한껏 더 과감해졌다.

날이 좀 풀린 탓인지 어제보다 더 타이트한 원피스 차림에 스타킹 없는 맨다리였다.

신고 나온 검은색 하이힐도 어림잡아도 10cm는 족히 넘어 보였다.

처음 정유미를 보았을 때는 볼륨감이 있다는 생각이 별로 들지 않았었다. 평범한 청바지 차림에 박스티 비슷한 것을 걸치고 와서는 인터뷰를 요청했었기 때문이다.

하지만 지금 보니 보정 속옷이라도 착용한 건지, 아니면 원래부터 그랬던 건지.

유달리 가슴 언저리가 불룩하게 튀어나와 있었다.

조금 지나치다 싶을 정도의 볼륨감이었다.

시선을 돌린 건 잠시였다.

현성은 첫 번째 목적지로 향하기 위해 네비게이션에 주소를 입력했다.

첫 번째 목적지는 대전이었다.


"여자 친구 분이랑 관계는 어때요? 일과 사랑을 병행한다는 게 쉽지 않잖아요? 더군다나 남자 친구가 사업가이고 여자 친구가 대학생이면… 서로 알게 모르게 느끼는 차이가 좀 있지 않아요?"

묵묵히 엑셀을 밟으며 고속도로를 주파하기를 한 시간 여.

고요한 분위기가 영 불편했는지, 정유미가 먼저 말을 꺼냈다.

기자라는 직업의 특성상, 먼저 말하는 것이 익숙한 것이 당연하기도 했다.

"그런 건 없어요. 중요한 건 마음이니까. 주변 환경이나 사람들의 시선에 흔들리는 사랑은 사랑이 아니라고 봐요. 사랑은 제 3자가 봐주는 것도, 판단해 주는 것도 아니니까."

"현성 씨랑 어제 인터뷰 할 때도 느낀 거지만, 뭔가 일반 남자들이랑은 다른 것 같아요. 같은 나이 또래의 남자들은 그야말로 애거든요. 어설프게 때 묻은 아이들이 대부분이죠. 하지만 현성 씨는 이야기만 들으면 나보다 나이가 더 많은 오빠 같아요. 물론 내가 일곱 살 더 많지만? 호호호."

"칭찬으로 들어두죠. 그래도 되겠죠?"

"외모는 누가 봐도 스물둘의 열혈 청년이에요. 생각이 겉 늙은이라 그렇지."

그녀가 가볍게 현성에게 잽을 날렸다.

그녀는 자연스럽게 대화를 이끄는 매력이 있었다.

수많은 사람들과 대화를 나누고, 취재를 하는 것이 일인만 큼 당연한 것이기도 했다.

"다른 부서의 기자분들이라든가, 다른 쪽에도 인맥이 있나 요?"

현성이 잠시 생각에 잠겼다.

그녀의 인맥이라면, 혹시 이번 김양철 사건이라든가……
자신이 어제 인터뷰 과정에서 했던 이야기들에 대해 아는 것 이 있지는 않을까?

가능성은 충분했다.

"물론이죠. 연예부 쪽에 인맥이 더 많은 게 사실이지만, 정 치부나 경제부에도 아는 사람들은 많아요. 동기들도 꽤 거기 에 있구요."

"단도직입적으로 물어보고 싶은 게 있어요."

"뭐에요? 단도직입적이라고 하니, 왠지 긴장되는데요?"

"김양철, 아시죠?"

"물론이죠. 애초에 이쪽에 인터뷰하러 올 때 들었던 소식이니까요. 상인들의 돈을 갈취하다가 경찰에게 일망타진 됐죠. 그런데 이번에 탈옥했다면서요."

"맞아요. 혹시 그 이후의 소식을 알고 있나 해서요."

현성은 김양철이 신경 쓰였다.

그때, 어떻게든 뒤를 쫓아 김양철을 제거했었어야 했다.

하지만 놈은 눈 깜짝할 사이에 자리를 떠 버렸고, 그 악연은 계속 이어지고 있었다.

"원래 그쪽 일이라는 게 대외적으로 발표는 안 하고 있어도, 쉬쉬 하고 있으면 다른 구멍으로 이야기가 새 나오게 마련이에요. 근데 이번에는 아예 없거든요. 그건 무슨 이야기냐 하면……."

"정말 모른다?"

"그런 거죠. 알고 있는데 수사망을 좁히기 위해 일부러 입단속을 한다거나 그런 게 아니라, 정말 못 찾는 거예요. 바보같다 싶을 정도로 말이죠."

"……."

예상대로였다.

종적을 감춰버린 김양철과 그 일파의 행방은 묘연했다.

모든 소식통 중에서 가장 빠른 것이 기자들이다.

그런 기자들 사이에서도 공유되는 소스가 없다면, 정말 모르는 것이 맞는 것이다.

"혹시나 알게되는 소식이 있다면 알려줄게요. 그쪽 상권 사람들 모두에게는 김양철의 행방이 관심사가 될 수밖에 없으니까. 그리고 위험하니까요."

"부탁할게요, 유미 씨."

"술 한 번 사면 돼요. 그걸로 의뢰비를 받도록 하죠."

"그래요, 그게 좋다면."

"호호호."

"거의 다 온 것 같은데요?"

―잠시 후 목적지에 도착합니다. 안내를 곧 종료합니다.

대화의 끝자락에 맞춰, 목적지로의 이동도 끝이 났다.

현성은 미리 준비해 온 과일 음료 상자와 함께 차에서 내렸다.

그리고 드림팀의 주인공이 될 지도 모르는 첫 번째 후보자를 찾아 그녀와 함께 이동했다.

*　　　*　　　*

"그래… 그래서 이제 남은 게 없어. 이제 와서 무슨 희망이 있겠어? 그냥 하루하루 목숨이나 연명하면서 사는 게 지……."

"제 생각은 좀 다릅니다. 지금까지 맛에 대한 자부심 하나만으로 살아오신 것 아닙니까. 사업이 잘 안 되신 것은 할아버지 탓이 아닙니다. 작정하고 들어오는 대형 프랜차이즈 업체들이 일부러 말려 죽인 거죠. 정말 악독한 방법인 거구요. 그래도 잘 버티신 겁니다."

"그 뒤로 정이 많이 떨어졌어. 그저 맛 하나만으로 될 수 있는 게 아닌 거 같기도 하고… 하나 있는 자식놈은 결혼해서 미국으로 이민 갔고 말이야. 마누라도 작년에 죽었으니 외로울 뿐이야."

현성이 처음 만난 것은 매운 짬뽕으로 유명한 할아버지였다.

이름은 김정식.

현성이 그를 선택한 것은 정유미가 맨 처음에 이야기를 들려주었던 '이 할머니'와 좋은 경쟁자이자 시너지 효과를 낼 동반자가 될 것이라 생각했기 때문이다.

짜장면과 짬뽕은 떼려야 뗄 수 없는 경쟁 음식이면서 동시에 함께 식탁에 오르는 동반자이기도 했다.

현성은 짜장면과 짬뽕을 한데 묶어, 중식 콘셉트의 메뉴를 생각해 보았던 것이다.

"할아버지. 지금 당장 어떤 결정을 내려달라고는 말씀드리지 않겠습니다. 저는 사연이 있으신 분들, 그리고 여전히 손과 몸이 맛을 기억하고 있는… 장인분들을 한데 모아서, 둘째

가라면 서러울 대형 음식점을 만들 생각입니다. 준비하셔야
할 것은 뜨거운 열정과 맛의 비법, 두 가지 뿐입니다. 필요한
자본과 자리는 제가 준비할 겁니다. 그리고 영업을 통해서 나
오는 수익의 일부와 기술 제공에 대한 로열티도 계약서를 통
해 빠짐없이 지불할 생각이구요."

"그렇게 길게 말하면 무슨 말인지 몰라, 나는."

"여기 일목요연하게 정리해 두었습니다. 나중에 꼭 읽어보
세요. 지금 생각하거나, 답변해 달라고 말씀드리진 않겠습니
다. 재촉하지도 않을 거구요. 묵묵히 기다리겠습니다."

현성이 서류철 하나를 꺼내 김정식에게 건넸다.

며칠 전부터 하나하나 수기(手記)로 작성한 글이었다.

앞으로 추구할 이 사업의 목적, 사업의 이유, 달인(장인)들
의 도움이 필요한 이유, 고객들에게 다가갈 전략적인 방법 등
등.

그리고 가장 민감하지만 꼭 해야 하는 이야기.

사업의 성과 여부에 따라 본인에게 돌아올 로열티와 수익
배분에 대한 구조를 자세히 적어두었다.

가감 없이, 거짓 없는 자세한 내용들이었다.

현성이 이렇게 과감하게 다가가고, 또 새로운 사업에 배팅
할 수 있는 것은 첫 번째 사업이었던 '따뜻한 뚝배기 한 그
릇' 이 대성공을 거두었기 때문이었다.

여전히 옥탑방 생활에 자가용 하나 없는 생활이었지만, 그

건 돈이 없어서가 아니었다.

검소한 생활이 몸에 배었기 때문인 것이다.

이미 어엿한 프랜차이즈 CEO가 된 현성은 충분히 다른 사업에 도전할 만한 능력을 갖춘 재력가가 되어 있었다.

"부담되시지 않게 먼저 떠나보겠습니다. 할아버지께서 하신 말씀, 저는 모두 기억했습니다. 함께 하지 않으신다 하더라도, 자주 찾아뵙고 인사드리겠습니다. 오랜 시간 간직하고 계신 맛의 자부심과 자존심의 불빛을… 이대로 꺼뜨릴 수는 없다고 생각합니다. 언제든 연락 주십시오."

"그래… 가 봐. 긴 이야기 들어주느라 고생 많았어, 젊은이."

"아닙니다. 그럼, 가보겠습니다."

"할아버지, 가볼게요! 곧 뵈요!"

"그래, 들어들 가."

그는 이렇다 할 감정의 표현 없이, 무표정하게 고개를 끄덕였다.

깊이 생각할 시간이 필요해 보였다.

몇 마디의 달콤한 말과 제안으로 돌아서기엔 과거의 상처가 커 보였다.

현성은 무리하지 않았다.

마음이 돌아서지 않으면, 아무리 설득해서 소용없는 법.

충분한 대화를 나누었고, 자신의 뜻을 전달했으니.

인연이 닿는다면 다시 만나게 될 터였다.


현성과 정유미는 전국을 순회하다시피 할 정도로 돌고 또
돌았다.

생각보다 만나보고 싶은 사람이 많았기 때문이다.

혹은 후보군에서 제외했다가도 아쉬운 마음에 발길을 돌
려 찾아가 만난 경우도 있었다.

아침부터 시작된 강행군은 하루를 꼬박 넘겨, 새벽이 되어
서야 끝이 났다.

즉각적인 성과는 없었다.

애초에 기대하지도 않았던 일이었다.

모두가 자부심이 강하고, 자존심이 강한 사람들이었다.

고민할 시간이 필요해 보였다.

하지만 소위 말하는 '견적' 이 나오는 경우는 있었다.

자신의 솜씨에 대한 자신감이 강한 사람일수록 예전을 그
리워하며, 다시 한 번 실력 발휘를 하고 싶어 하는 모습이었
다.

현성은 기다리기로 했다.

느낌이 말해주고 있었다.

꽤나 긍정적인 방향으로 흘러갈 것 같았다.

피유우우— 피유우우—

정유미는 조수석에 앉아, 축 처진 몸으로 곤히 잠들어 있

었다.

일곱 살이나 많은 그녀지만, 이렇게 보고 있으니 왠지 어린 여동생을 보는 느낌이었다.

나이에 맞지 않게 해맑고 장난스런 구석이 많은 여자였다.

현성은 혹시나 그녀가 잠을 청하는데 방해가 될까 싶어, 시트의 온기를 높여주었다.

여전히 추운 날씨.

이런 복장으로 나왔으니 하루 종일 벌벌 떨고 다닌 것은 당연한 일이었다.

현성이 중간에 외투라도 벗어주지 않았다면, 진즉에 감기만 잔뜩 들어 차에 탔을 것이다.

"후우."

하루를 눈코 뜰 새 없이 바쁘게, 사람들을 만나며 다닌 탓일까.

깊은 피로가 밀려왔다.

아직 서울까지는 꽤나 남은 시간.

현성은 가로등 불빛만 한없이 이어지는 고속도로 위에 시선을 고정시킨 채, 묵묵히 엑셀을 밟았다.

"드림팀… 드림팀……."

현성이 되뇌듯 중얼거렸다.

두 번째 사업 아이템도 이렇게 첫걸음을 내딛고 있었다.

이 사업만큼은 현성에게서 '마법을 제외한' 수완을 발휘

해야 했다.

　마법에 의존할 수 있는 것도, 이용할 생각도 없었다.

　마법이 지금의 자신을 만들어준 것은 사실이지만, 모든 것을 의지해서는 안 된다고 생각했던 것이다.

　기대 반 걱정 반이었다.

　이제 남은 것은…….

　일단 연락을 기다리는 일이었다.

　드림팀의 두 번째 발걸음은 그 이후의 일이었다.

8장
돌아온 김양철

딸랑딸랑.

"손님, 영업 끝났… 음? 오랜만이네요. 그날이 처음이자 마지막인 줄 알았는데요.

"헤헤, 안녕하세요……? 소주 한 병만 후딱 비우고 가도 될까나……?"

"오늘만 한 번 더 봐드리지만, 다음번에는 바로 문 닫을 겁니다. 일찍 와야 소주 한 병에 찌개 국물까지 곁들일 수 있죠. 안 그래요?"

"그렇긴 한데…… 사람들 많을 때 오는 건 별로라서. 사람들이랑 부대끼기는 싫거든요."

바쁜 하루 일과를 보내고.

막 퇴근을 준비하려는 데 손님이 왔다.

얼마 전, 폐점 직전에 찾아와 소주 한 병을 비우고 홀연히 사라졌던 그녀였다.

그 뒤로 다시 보이지 않아 잊고 있었는데, 노출이 심한 옷차림새와 외모를 보니 바로 기억이 났다.

현성은 안줏거리가 될 만한 야채들과 함께 소주 한 병을 그녀에게 건네주었다.

쪼르르르. 꿀꺽꿀꺽.

그녀는 이런 조합이 어색하지 않은 듯, 단숨에 소주 한 잔을 비웠다.

그리고 당근 하나를 입에 베어 물고는 맛깔나게 씹어 먹었다.

"이제는 좀 살만 한가요?"

현성이 물었다.

그때 남자 친구와의 이별로 힘들어 했던 그녀의 모습이 떠올라서였다.

"익숙… 해요. 익숙해져야죠. 남들처럼 행복하게 살 수 없다는 건 슬픈 일이지만… 그게 운명이라면 받아들여야 하니까요."

"남들보다 행복하지 않다고 생각하는 건 맞지 않아요. 사랑하다가도 이별이 오는 것이고, 이별 후에는 언젠가 사랑이

오죠. 비관할 필요는 없어요."

현성은 부정적인 그녀의 반응에 고개를 저었다.

현성이 가장 싫어하는 생각은 바로 '비관적인' 생각이었다.

충분히 좋게 생각할 여지가 있고, 긍정적으로 바라볼 수 있음에도 불구하고 삐뚤게 보는 것.

현성은 그것이 가장 싫었다.

"아뇨! 이제는 행복할 수 없어요."

"왜죠?"

"왜가 어디 있어요! 행복할 수 없게 되었는데, 행복할 수 있을 리가 없죠!"

꿀꺽꿀꺽—

"크으, 오늘은 뒷맛이 쓰네."

그녀는 아예 소주잔도 필요가 없어졌는지, 병째로 소주를 들이켰다.

언뜻 보면 알코올 중독자가 아닌가 싶을 정도로 자연스레 부는 병나발이었다.

"세상의 모든 남녀는 사랑받을 자격이 있는 사람들이라 생각해요. 결격 사유가 있는 범죄자라든가 사기꾼이라든가, 그런 사람들을 뺀다면. 손님도 마찬가지예요. 그러니까 자신감을 가졌으면 합니다. 과거에 사랑을 했듯이, 미래에도 사랑을 할 수 있어요. 아니, 지금이라도 못할 건 없죠."

"하하… 제 마음이 당신 같았으면 좋겠어요. 하지만 쉽지는 않네요. 아! 위로는 됐어요. 고마워요. 사실 그런 한마디가 듣고 싶었거든요……. 가볼게요. 잔돈은 됐어요."

그녀가 탁자 위에 만 원을 올려두고는 홀연히 자리를 떴다.

오늘로 두 번째 만남이었지만, 어디로 튈지 알 수 없는 묘한 그녀였다.

지난번에는 놓쳤지만, 오늘은 그녀의 뒤를 밟아보고 싶었다.

호감이라든가 이성에게 느끼는 감정 때문은 아니었다.

궁금함이었다.

그녀가 어떤 사람인지.

왜 늘 볼 때마다 비관적인 생각에 빠져 있는지.

그리고 어두운 한밤중, 혼자 길거리를 비틀거리며 걸어갈 여자에 대한 걱정 때문이기도 했다.

괜한 오지랖일 것 같기도 했지만, 마음보다는 몸이 앞섰다.

현성은 대충 자리를 치운 뒤, 문단속을 하고는 바로 밖으로 나섰다.


또각— 또각— 또각—

방향은 현성의 집 쪽으로 향하는 지름길이었다.

현성은 충분히 먼 거리에서 그녀의 뒤를 밟고 있었다.

원래 같았으면 텔레포트를 이용해 집으로 바로 퇴근했겠지만, 오늘은 아니었다.

이미 어느 정도 술기운을 가지고 매장에 들어왔었고, 단숨에 한 병을 비우고 자리를 나선 그녀였지만 걷는 모습은 멀쩡해 보였다.

이윽고 그녀의 발걸음이 어두운 방향으로 이어졌다.

"…음."

산 쪽의 지름길은 원래 사람들이 기피하는 길이었다.

가로등이 몇 개 없어 길목이 어두운 데다가, 불과 몇 달 전만 해도 질 나쁜 학생들이나 동네 양아치들의 집결 장소였기 때문이다.

이후 시청에 건의가 들어가고, 주요 길목에 가로등이 설치되면서 전보다 나아지기는 했다.

하지만 지금 그녀가 택하고 있는 길은 산을 가로지르는 길.

그러니까 예전에 현성이 줄곧 이용하던 지름길이었다.

하이힐을 신은 여자가 이용하기에는 포장도 되지 않았고, 굴곡이 심한 길이라 적절하지 않았다.

치직치직— 치이이이이이이—

그때.

순간 현성이 인상을 찌푸릴 정도로 강한 잡음이 들려왔다.

치직! 치지지직! 치지지지지직!

잡음은 더 심해졌다.

듣고 있는 현성이 이를 꽉 깨문 채 귀를 막아야 할 정도의 엄청난 소리였다.

휘이이이이─

그리고 이내 잦음이 잦아들고, 현성이 다시 시선을 돌렸을
때.

이미 그녀는 시야에서 사라진 뒤였다.

놓친 것이다.

─드, 들리느냐?

동시에 목소리가 들려왔다.

스승의 목소리다.

걸걸하고도 능글맞은 남자의 목소리.

자르만이었다.

"스승님?"

반가운 목소리에 방금 전까지 인상을 찌푸리던 현성의 얼
굴도 밝아졌다.

실로 오랜만에 듣는 목소리였다.

─이, 이, 이제 들리느냐? 괜찮은 것이냐?

"예, 괜찮습니다. 스승님. 잠시만 기다려주십시오."

─후우, 후우우! 그래. 알았다. 일단 연결된 것을 확인했으
니, 나도 잠시 숨이나 돌려야겠구나. 잠시만 기다리거라.

"예."

현성이 바로 텔레포트 마법을 시전했다.

조용히 그녀의 뒤를 밟아볼 생각이었지만, 나중으로 미루

기로 했다.

지금은 그것보다 스승들과 대화를 나누는 것이 더 중요했다.

파앗―

파아아앗―

단숨에 공간이 무너지고, 연이어 재조합됐다.

현성이 도착한 곳은 바로 집 앞.

현성은 유유히 문을 열고 집 안으로 들어섰다.


날짜를 세어보니 거의 보름에 가까운 시간 동안 두절되어 있던 연락이었다.

치지지직― 치지지직―

잡음이 다시 들렸다.

아무래도 연결 상태가 좋지 못한 것 같았다.

마치 고장 난 전화기를 붙들고 있는 것처럼 계속해서 치지직 거리는 소리가 들려오는 것이다.

그 상태는 오 분 정도를 더 지속되고 나서야 끝이 났다.

그동안 현성은 적당히 세안을 마친 뒤, 조용히 앉아 스승과의 연결이 닿기를 기다렸다.

오랜만에 닿은 연락.

반갑기도 하면서 한편으로는 불안감이 엄습했다.

잠깐이었지만 방금 나누었던 자르만과의 대화에서도, 자르만의 목소리는 꽤나 경황이 없어 보이는 그런 목소리였다.

겨우 교신을 정상화 시켰지만, 그전에 이미 무슨 일을 당해도 호되게 당한 것 같은 목소리였던 것이다.

자르만이 저렇게 말을 더듬는 것도 처음 보는 모습이었다.

—들리니? 괜찮니?

이번에는 일리시아의 목소리가 들렸다.

"예, 스승님. 저는 괜찮습니다. 스승님은 어떠십니까? 어떤 일이 있으셨던 겁니까?"

—후우. 미안하구나. 우리가 손을 쓸 새도 없이 교신이 끊기는 바람에 네게 아무 말도 해줄 수가 없었단다.

"괜찮습니다."

—혹시… 아무 일 없었니? 여보! 거기서 왜 쓰러져 자고 있어요! 이 아이한테도 이야기를 해줘야지요!

—으음… 미안하오, 부인. 며칠 밤을 지새웠더니 잠깐 눈을 깜빡이다가 그만.

—어서 와요! 며칠 못 잔거, 몇 분 더 못 잔다고 어떻게 되는 거 아니잖아요?

—허허, 참! 간다니까!

저 너머로 투닥거리는 소리도 함께 들려왔다.

일리시아나 자르만이나 꽤나 날이 서 있는 목소리였다.

—아무 일도 없었니?

일리시아가 재차 물었다.

안부를 묻는다기보다, 확인하는 듯한 느낌.

이쯤 되자 현성도 뭔가 일이 생겼구나 하는 느낌을 강하게
받았다.

현성이 겪은 일만큼이나 심각한 일이 저 쪽에서도 있었을
것 같은 느낌이었다.

"일이 있었습니다. 아주 큰일이었죠. 스승님은 괜찮으셨습
니까?"

─전혀… 그렇지 않았단다. 우선 이야기를 들려주겠니? 들
어보자꾸나.

"예. 알겠습니다."

현성이 먼저 이야기를 시작했다.

기상 관측 이래, 유례가 없는 폭우.

순식간에 벌어진 재난들.

그리고 그 혼란을 틈타 교도소를 탈출한 깡패들까지.

현성은 지난 보름 간 있었던 모든 일들을 자세하게, 빠짐없
이 두 스승에게 전했다.

지금도 수해를 입었던 지역은 복구 작업 중이었다.

현성이 사는 이쪽만 피해가 많지 않아 빠르게 복구가 되었
을 뿐, 홍수로 인해 도로가 유실되거나 하천을 가로질러 두
육지를 연결하는 소교(小橋)가 무너진 곳이 태반이었다.

실종 신고가 들어왔던 대부분의 사람들은 물길의 끝에서
안타깝게 시신으로 발견되었고, 집을 잃은 이재민들의 생활
은 여전히 학교 실내운동장에 임시로 만들어진 대피소에서

이뤄지고 있는 상황이었다.

"이제 스승님의 이야기를 들려주세요. 도대체 어떤 일이 있었던 겁니까?"

자신의 이야기를 모두 털어놓은 현성이 되물었다.

불길한 예감이 들었지만, 내색하지는 않았다.

차라리 아니길 바랐다.

혹시라도 마음에 두고 있는 '그것' 이 아니길 간절히 바란 현성이었다.

―게이트가 열렸다.

―여보!

―이제 와서 뭘 숨기고 말을 하려는 거요, 부인? 다 말해주지 않으면 이제는 우리 제자가 위험에 처할 수도 있다는 걸 모르오?

―하지만…….

―우리에게 모든 책임이 있는 거요. 애초에 가능성을 염두에 두었던 일 아니오, 부인? 이젠 모든 이야기를 해주고, 대비를 해야 해. 그렇지 않으면 안 되오.

―하아, 그래요…….

저 너머로 심각한 대화가 오고 가고 있었다.

게이트가 열렸다…….

자르만이 처음 꺼낸 말 한 마디에 지금까지의 모든 일들이 집약되어 있었다.

—우리의 이야기를 먼저 듣길 원하느냐? 아니면 네게 예상
되는 일들에 대해 듣기를 원하느냐?

자르만의 목소리는 차갑고도 냉랭했다.

평소에 장난기 많던 그도, 지금만큼은 그래서는 안 될 만큼
심각한 일이었기 때문이다.

"스승님의 이야기를 들려주십시오."

현성도 조용히 숨을 죽였다.

혹시나 했던 해피엔딩은 없었다.

이제 인정하고 싶지만, 인정해야만 하는 어떤 사실들에 대
해 들을 준비를 해야 할 것 같았다.

—예전에 잠시 교신이 끊겼을 때, 내가 했던 말을 기억하느
냐?

"예."

현성은 기억하고 있었다.

그 때문에 게이트의 존재와 차원의 문제에 대해 깨달았기
때문이다.


게이트가 일시적으로 열리는 일이 발생했다. 천 년을 넘게 봉
인되어 있던 게이트가 갑자기 알 수 없는 힘에 의해 개방된 게지.
그로 인해 네게로 통하는 시공의 고리에 간섭이 생겼고, 쌍방향
의 교류가 되지 않았던 것이다.

—이번에는 그 게이트가 완벽하게 개방되었다. 우리의 입장에서는 불행 중 다행이라고 하는 게 맞을 정도로 신속하게 최대한 모든 전력을 동원해 막았다. 또다시 게이트가 열리면, 그때는 천 년 전의 전쟁 같은 규모로는 끝이 나질 않기 때문이다. 마족이 모두 멸망하거나, 인류가 모두 멸망하거나. 둘 중에 하나였지.

"예."

현성은 묵묵히 이야기를 들었다.

—오래전부터 게이트에 대한 연구는 하고 있었고, 전초기지를 세워 항상 게이트의 동태를 주시하고 있었다. 봉인이 열렸을 때, 신속하게 막을 방법도 연구하고 있었지. 그리고 이번에 불안한 조짐을 보이던 게이트가 열리고, 마족 일부가 게이트를 타고 넘어왔다.

"격퇴하신 겁니까?"

현성이 짧게 되물었다.

—다행히 그 수가 많지 않았다. 그리고 다시 봉인하는 데 성공했지. 하지만 시공의 고리에 생긴 간섭은 더 강해졌지. 그 힘은 우리 대륙으로 연결되는 게이트는 열지 못했지만, 다른 쪽으로 방향을 돌렸다. 가장 약해진 구멍을 찾은 거지.

"혹시 그게……?"

—속단할 수는 없다. 우리처럼 차원에 대해 연구하는 마법사, 혹은 누군가가 있을지는 나도 알 수 없기 때문이다. 약해

진 구멍이 우리와 너를 잇고 있는 시공의 고리라고 장담할 수는 없다. 물론 아니라고 할 수도 없게 되었다.

"이번에 교신이 끊긴 것은 그 전조 증상이란 말씀이십니까?"

현성이 이야기의 핵심을 파악했다.

자르만의 말을 정리하면 세 가지로 압축할 수 있었다.

시공의 균형이 무너졌다.

무너진 균형으로 인해 생긴 구멍을 스승들의 대륙에서 막는 데는 성공했지만, 다른 곳은 어떻게 되었는지 알 수 없다.

현성이 살고 있는 세상도 위험의 가능성, 그 범주 안에 들어가게 되었다.

―유례를 찾을 수 없는 큰 비가 내렸다고 하지 않았느냐.

"예."

―음……

자르만이 침음성을 토해냈다.

"돌려 말하실 것 없습니다. 냉정하게 요점을 짚어주셔야 합니다."

현성의 목소리에 힘이 실렸다.

자르만은 가장 중요한 사실을 말하지 않고 있는 것 같았다.

현성은 느낄 수 있었다.

마지막 한 마디를 내뱉지 않고, 질질 끌고 있는 자르만의 모습을.

―듣기를 원하느냐?

"들어야지요. 이제 와서 눈 가리고 하늘을 가려봤자, 무슨 소용입니까?"

지금까지 한 번도 본 적 없는 자르만의 미적지근한 반응에 현성이 언성을 높였다.

후우― 후― 후우―

그러자 자르만이 몇 번을 더 고민에 잠긴 듯 한숨을 내쉬더니, 이내 말문을 열었다.

―만약 우리처럼 차원에 대해 연구하고, 관심을 가진 사람이 있다면. 그리고 시도한 사람이 있다면…….

"예."

―이제부터 네가 살고 있는 세계는 진입하기 쉬운 장소가 될 게다. 물밀듯이 밀려 들어오는 그런 것은 아니다. 하지만 과거에는 불가능한 진입 장벽이었다면, 이제는 가능해진 게지.

"……."

현성은 침묵했다.

혹시나 하는 가능성으로 마음에 두고 있던 상황이기는 했다.

하지만 이제는 확실한 가능성이 되었다.

―미안하구나. 애초에 이런 실험을 하지 않았어야 했었다는 생각도 든다. 예상을 했던 부작용이기는 하지만, 이렇게 빠른 시간 안에 문제가 생길 것이라고는…….

"자책하실 것은 없습니다. 지나간 일을 후회해봤자 소용없는 일이구요. 스승님, 그러면… 혹시 제가 스승님을 만나던 그 시점부터 이미 가능성이 열려 있던 상태였던 겁니까?"

현성은 좀 더 시간을 거슬러 올라가, 기억을 짚었다.

마음에 걸리는 것은 역시나 지난번에 만났던 그 살인마와 이번에 김양철이 벌인 사건이었다.

아무리 솜씨가 좋다고 해도 사람 몇 명이서 교도소를 습격하는 것 하며… 괴짜스런 식인 습성이 있다고 해도 괴물처럼 변할 수 있는 사람이 존재하는 것은 말이 되지 않았다.

―그렇게 된 셈이다. 후우.

―미안하구나. 정말 미안하구나. 불똥이 전혀 다른 곳으로 튀게 됐어. 정말 미안하구나.

자르만의 한숨.

그리고 일리시아의 미안함이 잔뜩 섞인 목소리가 동시에 들려왔다.

이렇게 되자, 김양철의 이해 못할 행보나 식인 살인마의 등장도 이해가 갔다.

어떤 경로로, 누구에 의해 온 것인지는 알 수 없지만.

다른 차원의 존재가 간섭할 가능성이 생긴 것이다.

―우리가 사는 곳에는 그 단위조차 셀 수 없는 수많은 세계가 존재한다. 꼭 네가 사는 세계에 모든 것이 집중되는 것은 아니다.

"하지만 대비를 하지 않을 수는 없을 겁니다."

―그렇겠지.

"그리고 저와 비슷한 방법으로 힘을 얻거나, 그런 사람이 시공을 넘어올 가능성도 배제할 수는 없구요."

―후자의 경우는 없을 것이다. 시공을 넘어 힘을 전달하거나 대화를 하는 것조차도 매우 어려운 일이다. 넘어갈 수 있었다면 우리도 그리 하지 않았겠느냐.

"그럼 전자의 가능성이 가장 높겠군요."

―그럴 게다. 이젠… 그게 가능해졌다.

"그렇다면 저는 이제부터 더 강해져야만 합니다. 가능한 최대한. 두 스승님이 모든 것을 원래대로 되돌리실 수 없는 이상……."

―알고 있다.

현성은 최대한 차분하게 말을 이어갔다.

비난의 화살을 스승에게 돌린다거나, 괜한 탓을 한다거나, 지나간 일들이 없었으면 하고 푸념을 하거나.

이런 모든 것들은 쓸모없었다.

벌어진 일이다.

이제는 대비를 해야 했다.

그나마 현성에게도 불행 중 다행이라고 한다면, 자르만의 말처럼 물밀 듯이 무언가가 몰려오진 않을 것이라는 점이었다.

가장 가능성이 높은 것은 역시 현성처럼 다른 세계의 누군가와 연이 맞닿은 인물이 기술이라든가 능력을 전수받고, 현성처럼 변해가는 일이었다.

"지금의 제가 배울 수 있는 모든 것을 알려주십시오. 그것이 백마법이건 흑마법이건 상관없습니다. 배울 수 있다면 아주 하찮아서 쓸모가 없을 것 같은 마법이라도 모두 배우겠습니다. 알려주십시오."

─알았다. 반드시 그리 하마.

─미안하구나, 제자야.

"사과하실 필요 없습니다. 이젠 제게 확실하게 힘을 실어주세요. 한 명의 제자이기 이전에 다른 차원의 세계에 살고 있는 동반자로서 말입니다."

─도울 수 있는 모든 것을 해주겠다.

─꼭 그리 하마.

"그래도 다행입니다. 스승님이 살고 계신 그곳은 문제가 잘 해결 된 것 아닙니까?"

─반쪽짜리 해결인 셈이다. 언제 이것이 도미노처럼 무너지고 무너지면서, 다시 재앙이 될지는 모를 일이지. 준비하거라. 일분일초가 아까울 게다.

"예."

현성이 바로 수련을 위한 준비에 들어갔다.

─우선 네가 가용할 수 있는 마나의 모든 힘을 끌어낼 수 있도록 할 것이다. 지금은 네가 보유하고 있는 마나의 3할도

채 쓰고 있지 않다. 가용할 수 있는 자원의 총량을 늘려야 해.

"알겠습니다."

현성이 고개를 끄덕였다.

갈 길이 멀었다.

우선은 어떤 상황에도 마나가 부족해 허덕이는 일이 없도록 하는 것이 중요했다.

자르만과 일리시아는 아직까지 부족한 현성의 깨달음을 더욱 촉진시키고, 이를 통해 보유하고 있는 마나의 활용 폭을 넓힐 생각이었다.

지금은 그것이 우선이었다.

* * *

"후아— 형님! 바깥 공기가 참 좋군요? 빵에 들어가기 전까지는 몰랐는데. 나와 보니까 사람 사는 냄새가 좋긴 좋습니다."

동구가 콧구멍을 벌렁거리며 능청스레 몸을 흔들었다.

최동구.

김양철의 수하 중 한 명이었다.

현성에게 험한 꼴을 당하고, 바닥에 얼굴을 처박고 쓰러졌던 떡대 중 한 명이기도 했다.

체포되어 교도소에 수감 된 이후.

들어봤자 하품밖에 안 나오는 교도소 내 교화 시스템 때문에 매일매일이 곤욕이던 찰나.

정말 영화 속 한 장면처럼 구원자가 나타났다.

바로 자신의 형님, 김양철이었다.

동구뿐만이 아니라 함께 수감되어 있던 다른 동료들도 그 광경을 보았다.

김양철의 손에 걸린 교도관들은 그 족족 목이 비틀어져 죽었다.

마치 나무젓가락을 부러뜨리는 듯한 가벼운 손놀림에 목숨 하나가 사라졌던 것이다.

예전부터 경외하던 김양철의 모습이었지만, 부하들은 다시 한 번 그의 모습에 감탄했다.

그리고 위험을 무릅쓰고 자신들을 구하러 와준 김양철에게 깊은 감사의 마음을 갖게 되었다.

충성은 오래전부터 바쳐 왔지만, 이제는 '형님을 위해 죽을 수도 있다'고 다짐할 정도로 마음이 굳어진 것이었다.

"즐겁긴 즐거운 모양이군."

"두려울 것이 없잖습니까. 그것보다 이년은 어떻게 할까요?"

"사, 사, 살려주세요……."

동구의 앞에는 옷이 갈가리 찢겨진 채, 헝클어진 머리로 널브러져 있는 여인 하나가 있었다.

몸 어디 하나 깨끗한 곳이 없었다.

속옷이고 뭐고 할 것 없이 모두 찢겨진 조각들뿐이었고, 얼굴과 몸 여기저기에는 동구와 다른 부하들이 흩뿌린 정액들이 보란 듯이 묻어 있었다.

"이제 볼 일들은 다 봤나? 좀 시원해졌어?"

"헤헤헤, 아주 시원합니다. 쫄깃쫄깃했습니다, 이년."

"그럼… 마무리는 내가 해도 이의 없겠군?"

"예엣, 형님!"

김양철의 말에 부하들이 일제히 허리를 숙였다.

저마다 회포를 풀고 난 덕분인지 얼굴에 화색이 만연했다.

"그럼 푹 쉬고들 있어. 언제든 움직일 수 있도록. 이제부터 시작이다. 그렇지 않나?"

"예, 알겠습니다. 형님!"

"후후후."

박력 있는 대답에 김양철이 만족스러운 듯 고개를 끄덕였다.

그리고 제대로 몸조차 가누지 못하는 여인을 단숨에 들어 올려 안고는 자신의 방으로 향했다.

형님만의 개인적인 시간.

부하들은 눈치껏 자신들의 방으로 향했다.

이곳은 자신들 외에는 어느 누구도 알지 못하는 지하 아지트였다.

김양철은 이 공간을 자신의 조력자가 마련해 주었다고 했다.

'조력자'라는 분을 아직 직접 만난 적은 없지만, 동구를 비

롯한 동료들은 자신의 뒤를 든든하게 봐주는 사람이 있다는 사실에 적잖은 자신감을 얻었다.

게다가 형님 김양철은 건재, 아니 더 강해졌다.

그 비법은 직접 보고 듣기 전까지는 예상조차 하지 못했던… 끔찍하고도 잔혹한 일이었다.

*　　*　　*

쿠웅!

"아악! 사, 사, 살려주세요……."

자신의 방으로 여인을 데리고 들어온 김양철은 짐짝을 던지듯, 바닥에 그녀를 내던졌다.

그녀는 겁에 잔뜩 질려 있었다.

이미 만신창이가 되어버린 몸.

하지만 어떻게든 살아야겠다는 생각만이 간절했다.

일방적인 강간.

벌어진 모든 일이 끔찍해서 당장에라도 죽고 싶었지만, 그래도 자신에게는 여전히 사랑하는 가족들이 있었다.

일단은 목숨이라도 부지하고 싶었다.

"왜 살고 싶은 걸까? 사는 건 힘든 일의 연속이잖아? 돈도 벌어야 하고, 자식도 낳고 키워야 하고… 늙으면 언제 병 걸릴지 몰라 노심초사하고. 다 부질없는 것 아닌가?"

김양철의 반응은 싸늘했다.

마치 하찮은 동물을 대하듯, 그녀를 경멸스런 눈빛으로 내려다보고 있었다.

달리 성적인 욕구를 느끼고 있는 것 같지도 않았다.

"제발 살려주세요. 살려만 주시면… 경찰에도 신고하지 않고, 어디에도 말하지 않을게요. 정말이에요. 흐흑. 흑흑. 입 다물고 있을게요……."

그녀는 애원하다시피, 김양철의 다리를 붙잡고 매달렸다.

"경찰에 신고하든 말든 난 상관없어. 어디에 말하든 말든 그것도 상관없지. 걱정하지 마. 네가 죽는다고 해서 세상이 변하거나 그러진 않아. 가족들도 슬퍼할 수는 있겠지. 하지만 다들 거짓말처럼 또 적응해 나갈거야. 그러니 걱정하지 마."

소름이 끼칠 정도로 냉정하고도 잔인한 한 마디.

"제발! 제발 살려주세요—!

그녀는 자신의 눈앞에 보이는 남자가 어떤 성적인 욕구를 채우길 기대하는 것이 아니라, 이미 자신을 죽일 생각임을 알아차렸다.

그건 본능적인 직감이었다.

그녀는 김양철의 무릎과 가랑이 사이를 붙잡고 눈물을 펑펑 쏟아내며 매달렸다.

살고 싶었다.

정말로 목숨만 부지할 수 있다면, 무슨 짓이라도 할 수 있을 것 같……

푸슉!

"……!"

그녀의 생각은 마침표를 찍기도 전에 끝나버렸다.

순식간에 가슴을 뚫고 들어온 김양철의 단도가 심장을 꿰뚫었기 때문이다.

풀썩.

"흠."

김양철이 눈을 부릅뜬 채 고개를 떨군 여인을 바라보았다.

그리고는 천천히 상처가 난 가슴 언저리로 손을 가져갔다.

아직 온기가 가시지 않은 핏물이 상처를 타고 흘러내리고 있었다.

김양철은 손을 이리저리 움직이며 그녀의 가슴을 움켜쥐기를 여러 차례 반복했다.

그러더니 원하는 위치를 잡았는지, 손을 고정시킨 채로 두 눈을 감았다.

"하아아아아……."

그 순간, 김양철의 눈동자가 하얗게 뒤집혔다.

동시에 팔 끝에서 불끈거리는 느낌과 함께 붉은빛의 기운이 그녀의 가슴에서 손끝으로, 그리고 손끝에서 혈관을 타고 몸으로 흡수되기 시작했다.

김양철의 몸 전체에 붉은빛 생기가 돌고, 김양철의 눈동자가 원래의 모습으로 되돌아올수록.

여인의 몸은 바람 빠진 풍선처럼 점점 쪼그라들어 갔다.

살집이 어느 정도 있었던 여인의 몸은 어느새 살가죽에 뼈만 남은 시체로 변해 있었다.

"적당했군. 후후."

탁탁.

김양철이 손끝에 묻은 핏물을 무표정하게 여인의 옷가지에 닦아내며, 손을 털었다.

살가죽만 남은 여인의 몸은 해괴한 몰골을 한 채로 엎어져 있었다.

삐—

김양철이 자신의 방 안에 있던 버튼 하나를 눌렀다.

그러자 밖에서 삐 하는 소리가 아지트 전체로 울려 퍼졌다.

소리가 끝나기가 무섭게 달려온 것은 오른팔 동구와 왼팔 진성이었다.

"끝나셨습니까?"

"그래."

"그럼 처리하겠습니다."

"매번 고생이 많군."

"후후, 이 정도가 일이나 되겠습니까? 그만큼 형님께서 저희들을 챙겨주시니……."

순간 동구의 눈빛이 붉게 반짝였다.

옆에 있던 진성, 그리고 김양철의 눈빛도 마찬가지로 붉게 빛났다.

진성과 동구는 묵묵히 여인의 시체를 질질 끌고 나가서는 미리 준비해 둔 봉투에 대충 찔러 넣었다.

이미 봉투 안에는 그런 식으로 버려진 시신이 꽤나 있었다.

하지만 김양철도 동구도, 진성도 평범한 일상 중 하나인 것처럼 표정에 전혀 변화가 없었다.

단지 봉투 안에서 새어 나오는 냄새에 코만 잠시 찌푸릴 뿐.

아무렇지 않게 다시 봉투의 꼭꼭 매듭을 지어서는 밖에 내다놓는 것이었다.

*    *    *

"후우우, 후우우, 후우우."

아무도 없는 방 안.

현성은 실오라기 하나 걸치지 않은 나신의 상태로 가부좌 자세를 취한 채, 모든 정신을 집중하고 있었다.

뚝— 뚝— 뚝—

굵은 땀방울이 쉴 새 없이 흘러내렸다.

현성이 바닥에 겹겹으로 깔아놓은 수건도 이제 축축해질 지경이었다.

언뜻 보기엔 조용히 눈만 감고 있는 것 같아 보이지만, 사실은 엄청난 고통을 속으로 견뎌내는 중이었다.

일곱 시간째의 마나 회전.

이것은 엄청난 고역이었다.

비유를 하자면 자연스럽게 숨을 쉬는 것이 아니라, 의도된 복식호흡으로 흐트러짐 없이 일곱 시간을 규칙적으로 집중해서 하는 것과 같았다.

마법을 쓰기 위해 자연스럽게 마나를 끌어다 쓸 때는 마나 순환에 대한 어려움을 느끼지 못했던 현성이었다.

하지만 흐름을 처음부터 끝까지 하나하나 느끼며, 흐름이 흐트러지지 않도록 하는 것은 매우 어려웠다.

성과는 있었다.

마나가 심장에 위치한 마나 홀(Mana Hall)을 중심으로 1회 전을 할 때마다, 아주 미량이지만 전체적으로 자신이 운용할 수 있는 총량이 늘어나는 것을 느꼈다.

이런 작업을 일곱 시간을 반복하니, 제법 늘어난 량도 꽤 됐다.

체감은 현성 본인이 가장 정확하게 하고 있었다.

―괜찮으냐?

"버틸 만합니다."

자르만의 말에 대답할 여유도 어느 정도 생겼다.

지속적으로, 그리고 반복하다 보니 몸에 익은 것이다.

―이 작업을 통해서 운용할 수 있는 총량을 늘려야 한다.

속성으로 깨달음을 얻을 수 있는 방법이기도 하지. 느껴지지
않느냐? 마나의 알갱이 하나하나가 몸의 핏줄을 타고 질서정
연하게 움직이는 느낌이.

"너무 생생해서 징그러울 정도입니다."

―아무렇지 않으면 그게 이상한 게지. 끌끌.

자르만이 만족스런 표정을 지었다.

역시나 제자의 배움은 빨랐다.

그나마 불행 중 다행이라고 할 수 있는 걸까.

―좀 더 집중하거라. 바람 좀 쐬고 와야겠구나.

"예, 스승님."


                    *              *              *


"뭘 그렇게 보고 있는 거요? 벌써 새벽이오. 눈은 좀 붙여
야 하지 않겠소, 부인?"

"…잠이 오질 않아요. 저 아이, 저렇게 말은 해도 얼마나
우리를 원망하겠어요? 나타났다던 식인 살인마. 아마도 다른
세계에서 넘어온 마물 같은 거였을 거예요. 이미 보고 사례가
있잖아요. 마족 전쟁 때 넘어와 숨어 있다가 포획된 사례가.
유사해요. 봐요."

"음……."

서재 안에는 일리시아가 여기저기 펼쳐 놓은 책들로 가득

했다.

그녀는 마족 전쟁 시절, 그러니까 마족 시대로 불리는 그때 남겨진 마법 기록들을 보고 있었다.

게이트가 열리면서 마족을 포함해 넘어온 다른 차원의 것들에 대한 기록이었다.

종류는 다양했다.

그중에는 지금은 어디서나 흔히 볼 수 있는 종이 되었지만, 그전에는 존재하지 않았던 식물들도 꽤 있었다.

동물도 있었다.

대표적인 것이 주로 '새'들이었는데, 현재 하늘의 먹이사슬 중 가장 꼭대기에 있는 녀석들이었다.

일리시아가 언급한 마물도 있었다.

사람의 모습과 유사하게 생겼지만 의사소통이 불가능하며, 식사 수단으로 오로지 인육만을 먹는 마물.

현성의 세계에는 단 한 명만 발견된 것 같지만, 당시 대륙에는 이런 마물이 3천 '마리'도 넘게 더 있었다.

때문에 대대적으로 토벌단을 꾸리기도 한 기록이 있었다.

더 황당한 것은 3천 마리의 마물을 토벌하기 위해 구성된 3만의 군대가 전멸을 당했다는 점이었다.

이후 기사단과 마법사로 구성 된 고급 토벌대가 결성되고 나서야, 마물 전체의 씨를 말릴 수 있었다.

현성이 마주했던 마물은 바로 이놈들과 동족일 확률이 높왔다.

현성이 묘사한 모습이나 외형의 변화, 행동 양식이 거의 일치했다.

"동방(東方) 대륙에서 왔다는 사람도 있었어요. 어떤 이유에서인지는 모르겠지만, 투항 이후에 군사 회의에 넘겨져 사형을 당했어요. 왜 그랬는지 이유는 남겨져 있지는 않지만, 기록을 보면 하늘을 자연스럽게 날아다녔고, 마스터급 이상의 검술 실력을 보유했다고 했어요. 오러 블레이드와 비슷한 기운을 만들어낼 수도 있었구요."

"그 뒤로 천 년이 지났으니 같은 세계에서 시공을 넘어 어디론가 가게 된다면, 더더욱 고등(高等)한 개체가 되어 있을 수도 있다는 이야기겠구려."

"그렇죠. 서로가 위치한 곳은 달라도, 시간이 흐르는 것은 변함이 없으니까요."

"음……."

"우리가 저 아이의 세계로 넘어갈 방법은 없겠죠?"

"가능성이 현저히 낮은 일이오. 무엇보다 되돌아올 방법이 없어. 차원을 넘어간 드래곤은 기록으로나 전해진 바로도 알려져 있지만, 다시 귀환한 적은 단 한 번도 없잖소."

"그렇긴… 해요. 블랙 드래곤 카시미르가 그랬죠. 잘 도착했다. 이 세계에서 내가 모든 것을 통제하겠다… 고 마지막 말을 남겼었다죠?"

"그나마 마지막 말 몇 마디를 남기는 게 교류의 끝일 거요. 그 다음에는 그 세계에서의 삶을 사는 거지. 우리가 저 아이를 직접 도울 수는 없소. 부인, 안타깝지만 말이오. 돕고 싶다면 이곳에서의 삶을 모두 포기해야만 해."

자르만의 목소리는 차분하고도 냉정했다.

상황을 정확히 꿰뚫어본 판단이었다.

가슴속 깊은 곳에 담겨져 있는 죄책감은 자르만이나 일리시아나 똑같았다.

호기심의 해결과 마법적인 연구의 최고점을 찍기 위해 시작 된 차원에 대한 연구.

두 사람은 현성을 처음 만나던 그날을 생생하게 기억하고 있었다.

연구를 시작하면서, 그리고 진행하면서 두 사람 모두 부작용을 염두에 두지 않은 것은 아니었다.

오히려 정확하게 알고 있었다.

필연적으로 이 실험의 차원의 균형을 깨뜨리는 일이 될 것이고, 나비효과가 반드시 존재할 것이라고.

하지만 호기심은 걱정을 덮어버렸다.

오랜 시간을 공들여 준비해 온 실험은 이루어졌고, 이제 그 결과물을 받아들고 있는 중이었다.

누구를 탓할 수도 없고, 탓해서도 안 되었다.

"하지만… 포기하지는 맙시다. 우리는 여기서 냉정하게 빠저 버릴 수도 있소. 교신이야 하지 않으면 그만이고, 우리의 세계는 안전하지. 저 아이의 세계가 어떻게 되든 간에, 우리만 안전하면 상관없다고 생각할 수도 있을 거요."

"그건 안 돼요!"

자르만의 말에 일리시아가 소리쳤다.

같은 생각을 하지 않았던 것은 아니었다.

하지만 그것은 자신들을 믿고 따라와 준 제자에 대한 도리가 아니었다.

"그러니까 내 말이 그 말이오. 포기하지 말자는 거요. 부인이 이렇게 잠을 쪼개가며 보고 있는 것들이 헛되지 않다는 것을 말해주려는 거요. 우리 우리는 오래전에 겪어 본 경험이 있지 않소? 이를 토대로 이 아이를 돕는다면, 더 큰 피해를 막을 수가 있을 거요. 그리고 어쩌면……."

"어쩌면?"

"우리는 단순히 마나와 마법이라는 것이 다른 차원의 존재에게 어떻게 유용하게 쓰일지를 궁금해 하며 실험을 시작했소. 하지만 새로운 국면을 맞이했지. 다시 말해서… 더 많은 연구 결과를 얻을 수도 있게 되었다는 거요. 연구할 수 있는 표본이 많아졌다는 거지."

"그건 너무 잔인해요!"

일리시아가 고개를 저으며 소리쳤다.

"아니, 그렇지 않소. 그렇게 생각해야만 더 저 아이를 전폭적으로 도와줄 동기가 부여되는 거요. 부인, 그렇게 생각합시다. 저 아이도 더 강해질 이유가 생긴 거고, 우리도 그렇게 만들어주어야만 할 이유가 생긴 거요."

자르만이 입술을 꽉 깨물었다.

스스로를 혼란스러움을 달래기 위한 정당화일 뿐인 걸까.

아니면 정말 그런 것일까.

말을 하고 있는 자르만 자신도 장담할 수 없었다.

그 말이 일리시아에게는 도움이 된 것일까?

경황없는 표정으로 책을 뒤적이던 일리시아의 얼굴에 방금 전과는 다른 약간의 평온함이 감돌았다.

마음의 안정을 얻은 듯한 모습이었다.

"그렇다면… 모든 방법과 수단, 그리고 알려줄 수 있는 모든 지식을 전해주기로 해요. 지금 우리가 살피고 있는 기록까지 모두."

"그렇게 합시다."

일리시아의 말에 자르만이 고개를 끄덕였다.

정답은 그것뿐이었다.

다만 한 가지 걱정은……

저 아이, 그러니까 현성이 앞으로 시작될 난관과 시련을 잘 버텨줄 수 있을까 하는 것이었다.

믿어 왔고, 믿고 있고, 믿어 나갈 생각이었다.

자신의 눈은 틀리지 않을 것이다.

자르만은 그렇게 생각했다.

＊　　　＊　　　＊

"다들 근질근질하지 않나?"

"예, 그렇습니다!"

"간만에 실력 발휘들 하고 싶지 않아?"

"물론입니다."

"이제 너희들을 그 어느 누구도 무시할 수 없을 거다. 너희들도 변화 된 자신의 모습을 보고 싶지 않으냐?"

"보고 싶습니다!"

우렁찬 목소리가 아지트 전체로 울려 퍼졌다.

그들이 목소리를 낼 때마다, 눈빛은 붉게 빛났다.

교도소를 나올 때만 해도 거구의 떡대들이었던 스물일곱의 남자는 완전히 뒤바뀌어 있었다.

군살 하나 없는 근육질의 몸.

살기가 가득 해진 붉은 눈빛.

그리고 자신감에 찬 표정까지.

마치 다른 모습의 김양철이 스물일곱 명 있는 것 같은 느낌이었다.

"신천파 정도면 쓸 만하겠지. 샌드백으로."

"후후, 대환영이지요. 놈들 때문에 우리가 쫓겨났던 것 아닙니까."

김양철의 말에 동구가 어깨를 으쓱거리며, 고개를 끄덕였다.

신천파.

말 그대로 신천에 터를 잡고 지난 10년 간, 일대의 유흥 사업과 상권을 통제하며 부를 쌓아온 조직이었다.

조직원의 규모만 해도 150명에 달할 정도였다.

워낙에 규모가 크고 인원이 많다 보니, 주변의 소규모 조직들은 계속해서 신천파에게 잠식되어가고 있었다.

김양철이 이끌던 양철이파 역시, 그 세력 다툼에서 피해를 본 케이스였다.

28대 150 이상의 싸움.

계란으로 바위치기 격의 싸움이지만, 어느 누구 하나 겁먹는 기색이 없었다.

모두 자신감에 찬 표정.

김양철은 마치 집 앞으로 산책을 나가는 것 마냥, 평범한 트레이닝복 차림이었다.

드르르륵—

바로 그때.

지하 아지트의 문이 열렸다.

그리고 고급 수트를 쫙 빼입은 남자가 안으로 들어섰다.

그 뒤를 호위하는 두 명의 경호원이 있었지만, 그들은 남자를 따라 들어오다가 입구 근처에서 멈춰 섰다.

따각따각.

남자의 등장에 일순간 조용해진 아지트 안.

그사이로 구두소리만이 청명하게 울려 퍼졌다.

"오셨습니까, 도련님."

김양철이 앞서나가 고개를 숙였다.

형님이 고개를 숙이는 남자.

부하들은 그제야 이 남자의 정체를 알아차렸다.

김양철에게 말로만 듣던 '조력자'.

바로 그 사람이었던 것이다.

"나들이라도 나갈 계획이었던 것 같은데? 방해가 된 게 아닌가 싶군."

"괜찮습니다. 연락도 없이 어쩐 일로?"

"몸 풀러들 나가는 것 아닌가 싶어서 말이야."

"맞습니다."

"나도 같이 끼워주는 건 어떨까 해서 말이야. 회사일은 너무 따분하고 지루하거든. 이렇게라도 스트레스 해소를 해주지 않으면, 가끔 미쳐 버릴 때가 있을 것 같아서 말이지."

"후후후, 도련님께서도 실력 발휘를 한 번 해보시겠다, 이것입니까?"

"틈틈이 채워놓은 힘이 어느 정도일지도 궁금하고. 자네도 그렇게 하지 않았나?"

"물론입니다."

화기애애한 분위기 속에 대화가 오고 갔다.

김양철과 조력자인 '도련님'의 대화를 유심히 지켜보던 부하들은 점점 이 남자의 정체를 알아가기 시작했다.

가장 먼저 남자의 모습을 기억해 낸 것은 눈썰미가 좋은 동구였다.

"그 사람이었군."

"저분, 그분 아니야?"

"맞아. 신 회장의 아들. 신정우. 클클클! 저분이 우리 형님의 뒤를 봐주는 조력자였단건가? 클클클! 이거야말로 완전 우리 무대가 아닌가?"

신정우.

그 이름 하나만으로도 모든 사회적 명예와 부, 유명세의 중심이 되는 남자.

그 남자가 자신의 형님인 김양철의 뒤를 봐주는 조력자였다니.

지켜보는 부하들의 양 주먹에 힘이 절로 들어갔다.

동시에 마치 약속이라도 한 듯, 모두의 눈이 붉게 빛났다.

이전보다 더욱 살기가 묻어나는… 광기에 찬 그런 눈빛이었다.

"그럼 출발하지. 이쯤이면 어때? 예전에 뉴스에서도 본 것 같은데. 검은 복면을 쓰고 영웅 노릇을 하는 그런 놈이 있었다고 하던데?"

"그랬었지요."

신정우의 말에 김양철이 고개를 끄덕였다.

아직까지 누군지 밝혀지지는 않았지만.

얼굴을 가린답시고 복면을 한 채, 다단계 업체의 비리를 조사했던 녀석이 있었다.

덕분에 김양철의 평화신용금고도 공중분해가 됐지만, 어차피 그전에 다른 사람에게 손을 털고 나왔으니 상관없는 일이었다. 그래서 여유자금은 지금도 충분했다.

"정의는 구현해야겠고, 얼굴은 무서우니 공개하지 못하겠고. 비겁한 놈이지, 그렇지 않나?"

"아무렴요."

"그 비겁한 놈 행세를 좀 해보도록 하지. 자, 친구들?"

"예엣!"

"모두 인사드려라, 항상 귀에 못이 박히도록 말씀드렸던 도련님이시다. 앞으로 너희들이 나보다 더 먼저 존경하고 목숨 걸고 지켜드려야 할 분이기도 하다."

"예! 알겠습니다!"

"예, 형님!"

"과한 충성 맹세 같은 건 필요 없어. 난 그저 팝콘에 콜라나 들고, 재밌는 영화를 구경하는 관람객일 뿐이니까."

"하하, 그것도 좋겠죠. 그럼 출발하시겠습니까?"

"그러지."

신정우의 눈 역시 살기 어린 붉은빛으로 빛났다.

마치 모두가 똑같은 눈을 가진 것만 같은 광경이었다.

신정우와 김양철이 앞장서고.

그 뒤를 부하들이 일렬로 따르기 시작했다.

목적지는 신천파의 본거지인 신천역 일대였다.


＊　　　　＊　　　　＊


콰직! 우당탕탕!

"끄아아아악!"

"크허허헉!"

"뭐, 뭐야? 웬 놈들이야?"

"저승사자다, 이 새끼야!"

뻐어어억! 빠각!

"허헉! 모, 모, 목이 돌아갔어……."

신천파의 지하 아지트.

몇 년 전, 당시 나름대로 '정의 구현'을 외치던 경찰들이 한 번 기습적으로 체포 작전을 개시했을 때를 제외하고는 불청객이 단 한 번도 출입한 적 없던 곳이었다.

신천파의 조직원이 아닌 사람이 이곳으로 들어왔다면, 그것은 신체포기각서를 쓸 요량으로 끌려 온 채무자이거나 배신한 조직원이었다.

그런 신천파의 아지트에 불청객이 난입하고 있었다.

쿠웅—!

동구의 일격에 몸과 목의 위치가 정반대의 방향으로 바뀌어버린 남자 하나가 옆으로 고꾸라졌다.

꽈배기처럼 뒤틀려 버린 목.

그 모습 하나만으로도 바로 앞에서 지켜보던 너댓 명의 신천파 조직원은 전의를 상실했다.

법의 경계를 넘나들며 살아가는 조직폭력배라고 하더라도, 살인에 대해서는 민감한 것이 사실이었다.

하지만 눈앞의… 이 미친놈들은 예외였다.

"커컥! 컥! 놔, 놔줘! 커……."

와득!

"케헥……."

"어떻게든 죽는 건 마찬가지다. 살려달라고 할 생각들 하지 말고."

이번에는 진성의 손에 신천파 조직원 하나가 죽었다.

그래도 저마다 70kg에서 100kg을 왔다 갔다 하는 거구들이었지만.

김양철과 그 수하들에게는 한 손으로도 충분히 들어 올릴 수 있는 고깃덩어리에 불과했다.

목을 움켜쥔 채로 하늘 높이 들어 올려서는 그대로 손끝에 힘을 주어 목뼈를 비틀어 버렸다.

괴력을 넘어서 불가능한 힘이었다.

하지만 눈앞에서 불가능한 상황은 현실이 되어가고 있었다.

"애들아!"

"예!"

"쥐새끼들 빠져나갈 구멍은 다 막아라! 형님들 재미 좀 보시게!"

"예에엣!"

동구와 진성의 명령에 부하들이 일사불란하게 움직였다.

괴력뿐만이 아니라 기동성도 상상 이상이었다.

마치 중력의 힘을 거스르듯, 그들은 몇 개의 계단과 장애물을 훌쩍 뛰어넘어서는 밖으로 향하는 통로를 선점했다.

중간에 거추장스럽게 앞길을 막아서는 신천파 조직원들은 죽음을 면치 못했다.


푸슉! 푸슉!

"크아아악!"

푸우우욱!

"사, 살려… 우욱!"

풀썩! 쿠웅!

허공에 예기(銳氣)가 번쩍일 때마다.

생명의 불꽃이 하나씩 사라졌다.

"이렇게 재미가 없어서야."

신정우가 고개를 가로 저었다.

좌우로 흔들흔들 거리는 정육점의 고깃덩이를 베는 느낌
이었다.

"이 새끼가아아아앗—!"

그때.

기세 좋게 자신에게 달려드는 놈이 하나 보였다.

어디서 구해왔는지 모를 쇠방망이와 함께였다.

"이래야 좀 상대해 줄 맛은 나지."

달려드는 남자를 보며, 신정우가 여유롭게 두 팔을 벌리고
는 눈을 감았다.

"미친 놈!"

미쳐도 단단히 미친놈이다.

남자는 그렇게 생각했다.

그리고 방망이로 머리를 쪼갤 요량으로 전력을 다해 두 손
에 힘을 실어 수직으로 내려찍으려 했다.

바로 그 순간.

푸슉!

눈 한 번 깜빡한 찰나의 순간에.

"꺼걱……."

날카로운 검날은 어느새 자신의 이빨 사이를 뚫고 들어와
혀를 가르고, 뒷목을 관통해 있었다.

"보기엔 좀 흉할 것 같지만."

촤아아아악!

신정우가 살짝 인상을 찌푸리며, 입을 관통한 자신의 검을 위로 끌어올렸다. 그러자 입에서 코, 머리로 이어지는 선을 따라 얼굴이 정확히 반 토막 났다.

쿠웅!

목숨이 끊어진 것은 두말할 나위도 없었다.


일방적인 학살과 살육이었다.

신천 도심 한복판은 아니었어도, 번화가 인근에서 벌어진 일이었다.

기적적으로 탈출에 성공한 신천파 조직원 하나가 가까스로 경찰에 신고를 했고, 제보를 받은 경찰들이 신속하게 출동했지만 이미 상황은 모두 종료된 후였다.

살아남은 조직원 한 명과 외부에 있던 인원을 제외하고, 그 시각 아지트에 모여 있던 101명의 조직원은 모두 죽었다.

하나도 남김 없는 죽음이었다.

신천파의 두목이었던 이용철은 시신이 여러 조각으로 토막 난 채 발견되었다. 현장에 출동한 경찰들은 아연실색(啞然失色)할 수밖에 없었다.

단순한 조직과 조직 사이의 주먹다짐이라든가 싸움으로 보기에도 너무나 참혹했기 때문이다.

100명이 넘는 인원의 죽음.

사상 유례가 없는 대규모 살육이었다.

더욱 기를 차게 만든 것은 신천파 조직원만 일방적인 죽음을 맞이했다는 것이었다.

경찰은 빠르게 수사에 들어갔다.

그리고 신천파의 아지트 인근과 내부에 감시용으로 설치해 놓은 CCTV를 확인하는 과정에서 범인들의 정체를 확인할 수 있었다.

바로 양철이파의 두목 김양철과 부하들, 그리고 신원 미상의 검은 복면인이었다.

방송사들은 앞을 다투어 사건을 다뤘다.

뉴스, 신문, 포털 사이트 기사 할 것 없이 헤드라인을 장식한 것은 두말할 나위도 없었다.


\*　　　\*　　　\*


"……."

비슷한 시각.

티비를 보고 있던 현성의 표정이 흙빛으로 변했다.

뉴스 보도 속, 공개 된 CCTV 속의 모습에는 김양철의 얼굴이 선명하게 찍혀 있었다.

그리고 자신에게 흠씬 두들겨 맞았던 동구의 모습도 보였다.

살이 엄청 빠진 탓에 바로 알아볼 수는 없었지만, 누군지 기억해내는 것은 어렵지 않았다.

"스승님."

─나도 보고 있다. 저놈은…….

"예, 그놈입니다. 그놈이 돌아왔습니다."

─내가 하고 있는 생각과 네 생각이 비슷할 지도 모르겠구나.

"아무래도… 그런 것 같습니다."

자르만의 말에 현성이 고개를 끄덕였다.

일방적인 살육.

그것은 단순히 움직임이나 실력이 좋고, 쓸 만한 무기를 들고 있다고 해서 되는 일이 아니었다.

그렇다면 결론은 하나였다.

현성도.

자르만도.

두 사람은 김양철의 뒤에 숨겨진 어두운… 큰 그림자를 보고 있었다.

오래전부터 걱정해 왔던 그것이었다.

『컨트롤러』 3권에 계속…

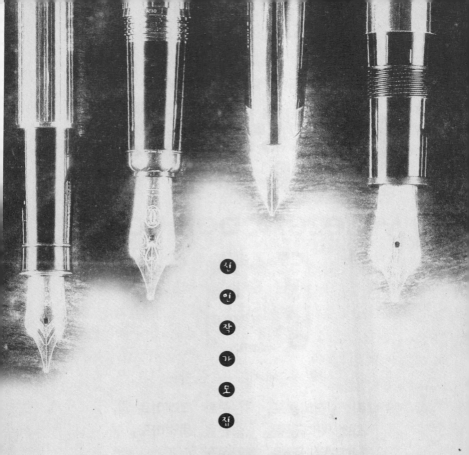

신
인
작
가
모
집

**시작이 반이라고 했습니다.**
**작가의 길에 대한 보이지 않는 벽을 과감히 깨뜨리십시오!**
**청어람은 작가 지망생 여러분들의**
**멋진 방향타가 되어드리겠습니다.**

저희 도서출판 청어람에서는
소설 신인 작가분들을 모집합니다.
판타지와 무협을 사랑하시는 분들의 많은 참여를 바랍니다.
소정의 원고(A4용지 150매)를 메일이나 우편으로 보내주시면
검토 후 출판 여부를 알려드리겠습니다.

**주소**:경기도 부천시 원미구 심곡2동 163-2 서경B/D 2F 우편번호 420-822
**TEL**:032-656-4452 · **FAX**:032-656-4453
http://www.chungeoram.com
**e-mail**:chungeoram@chungeoram.com

이민섭 新무협 판타지 소설

죽지 못하는 자는 살지 못하는 것과 같다.
그래서 그는 스스로를 무생(無生)이라 부른다.

# 『무생록[無生錄]』

은퇴한 기인들의 마을, 득도촌
그곳에서 가장 기이한 자는…
은거기인들마저 놀라게 하는 한 명의 청년

**"그 무엇도 궁금해하지 말 것!"**

부엌칼로 태산을 가르고,
곡괭이질로 산을 뚫는 자, **무생!**

흘러 들어온 **남궁가의 인연**으로,
죽지 못해서 살아온 그가
이제 죽기 위해 무림으로 나선다.

**살지 못한 자가 비로소 살게 되었을 때
천하가 오롯이 그의 것이 되리라!**

Book Publishing CHUNGEORAM

윙크하이나 지유추구
WWW.chungeoram.com

FUSION FANTASTIC STORY
천성민 장편 소설

# 짐승의 규칙

『무결도왕』 『다크로드 블리츠』
천성민 작가의 신간!

『짐승의 규칙』

살아야만 했다.
나를 위해 희생당한 부모님을 위해.
복수를 위해.

죽여야만 했다.
내가 살기 위해 타인의 목숨을.

그렇게……
나는 짐승이 되었다.

Book Publishing CHUNGEORAM

유행이 아닌 자유추구 -
WWW.chungeoram.com

FANTASY FRONTIER SPIRIT

이충민 판타지 장편 소설

# Mighty Warrior
## 영웅병사

복수를 다짐한 소년 병사.
붉은 제국을 향해 깃발을 세운다.

『영웅병사』

평온한 유년 시절을 보내던 비헬.
어느 날, 붉은 제국의 깃발 아래에 사랑하는 가족을 빼앗기고 만다.

"도끼… 도끼라면 다룰 줄 압니다."

병사가 되고자 참가한 전쟁에서 소년은 점점 영웅이 되어 간다!

쓰러져가는 아버지의 등을 억하며,
아직 어린 소년으로서 도끼를 들고 붉은 제국과 싸우 위해 일어선다.

제국과의 전쟁에 스스로 뛰어든 소년.
병사, 비헬 악센트.
이것이 영웅 탄생의 시작이다!

Book Publishing CHUNGEORAM

청어람이 여신 지유추구
WWW.chungeoram.com